MW01599924

Avant l'ouragan

Jewell Parker Rhodes

Avant l'ouragan

Traduit de l'anglais (États-Unis)
par Élodie Marias

l'école des loisirs
11, rue de Sèvres, Paris 6ᵉ

ISBN 978-2-211-22976-0

© *2017, l'école des loisirs, Paris, pour la présente édition*
dans la collection « Supermax »
© *2015, l'école des loisirs, Paris, pour l'édition française*
© *2010, Jewell Parker Rhodes*
Titre de l'édition originale : « Ninth Wards »
Publié en français avec l'accord de Little Brown and Company (Inc.),
New York, États-Unis. Tous droits réservés.
Loi n° 49.956 du 16 juillet 1949 sur les publications
destinées à la jeunesse : octobre 2015
Dépôt légal : janvier 2017
Imprimé en France par CPI Firmin Didot
à Mesnil-sur-l'Estrée (135314)

Édition spéciale non commercialisée en librairie

*Ce livre est dédié à tous les enfants
qui ont vécu l'ouragan Katrina et la rupture
des digues de La Nouvelle-Orléans*

Dimanche

On raconte qu'à ma naissance mon visage était recouvert d'un filet de peau, l'amnios. Ma mère est morte en me mettant au monde, et, si Mama Ya-Ya n'avait pas découpé la membrane ensanglantée, je n'aurais pas survécu. Une fois l'amnios sectionné, j'ai poussé mon premier cri.

Chaque année, lors de mon anniversaire, Mama Ya-Ya me raconte la même histoire :

— Lanesha, tes yeux étaient d'un vert très clair tacheté de jaune. Avec un tel regard et cette membrane, je savais que tu aurais le don de double vue.

Ensuite vient la dégustation du traditionnel gâteau au chocolat. Aujourd'hui, comme je fête mes douze ans, j'ai eu droit à trois parts.

Mama Ya-Ya a quatre-vingt-deux ans. Elle est presque aveugle, et si elle m'élève encore aujourd'hui, c'est parce que mes proches ne veulent pas de moi. J'ai une grande famille avec une ribambelle d'oncles, de tantes, de cousins, de nièces et de grands-mères. Ils vivent dans les beaux quartiers de La Nouvelle-Orléans, rien à voir avec le District Neuf, où j'habite. Moins de huit miles nous séparent, mais autant dire la lune.

– En Louisiane, tout le monde croit aux esprits, m'explique Mama Ya-Ya tandis que nous faisons la vaisselle. Personne ne peut les voir, à moins qu'ils n'en aient décidé autrement. Mais toi, mon enfant, tu peux les voir car tu as le don de double vue. Tu es un pont entre deux mondes, une véritable bénédiction ! Hélas, les gens de ta famille n'ont aucun respect pour les traditions ancestrales. Ils sont sans doute effrayés. Finalement, ils sont bien contents que tu sois orpheline et préfèrent qu'une vieille folle comme moi t'élève. Tant pis pour eux ! Je serai à la fois ta mère et ta grand-mère.

Elle est tout pour moi.

Je l'aime plus que tout au monde.

Mama Ya-Ya : un nom si lumineux et si
joyeux, à son image, que je ne me lasse pas de le
répéter. Mama Ya-Ya, elle, a une façon bien par-
ticulière de prononcer mon prénom : Lanesha.
Tout doucement, la dernière lettre résonnant à
l'infini. C'est le nom choisi par ma mère, sa dernière parole avant de mourir.

À l'étage, j'aperçois parfois le fantôme de ma
mère sur le lit de Mama Ya-Ya, immobile. Son
ventre est encore rond, comme si elle ne se sou-
venait pas de m'avoir mise au monde.

Tout comme ma famille des beaux quartiers
a oublié mon anniversaire, une fois de plus.

Après avoir enveloppé les restes du gâteau
dans du papier aluminium, Mama Ya-Ya se dirige
lentement vers le salon. Je ne l'ai pas quittée
d'une semelle de la journée.

D'abord, nous avons cueilli des tournesols
pour décorer la table de la cuisine. Ensuite, nous
avons haché du jambon et des oignons pour le

jambalaya. Puis, pendant que le riz cuisait, nous avons joué aux cartes. Enfin, j'ai pressé des citrons pour faire une limonade tandis que Mama Ya-Ya glaçait le gâteau. Une journée idéale, en somme.

– J'aimerais bien rencontrer mon père. Mort ou vivant, ça m'est égal.

– Lanesha, je ne connais ni son nom ni l'endroit où il se trouve. Je ne sais même pas s'il est toujours en vie. Ta maman n'a pas eu le temps de me le dire. Elle voulait peut-être emporter son secret avec elle. Elle avait à peine dix-sept ans et venait de l'une des familles les plus raffinées des beaux quartiers, les Fontaine ; elle et ses sœurs, des beautés à la peau claire, se montraient extrêmement fières de leur ascendance française. Je crois que ta maman est tombée amoureuse d'un garçon pauvre du District Neuf. Il devait avoir la peau un peu plus sombre, car tu possèdes une jolie nuance de brun. Tu es aussi dorée qu'une praline, Lanesha.

– Peut-être s'étaient-ils mariés en secret, comme Roméo et Juliette ?

Je me plaisais à imaginer mes parents vivre une histoire d'amour impossible. C'est à l'école, où nous lisons des versions abrégées des œuvres, que j'ai entendu parler pour la première fois de l'histoire de Roméo et Juliette. Si je croyais encore au Père Noël, je lui demanderais de m'apporter la série complète des livres de Shakespeare, avec les textes intégraux. Ainsi, je ne serais plus obligée de prendre le bus nauséabond jusqu'à la bibliothèque municipale.

Le bus monte aussi à la zone résidentielle, mais la ligne s'arrête avant le quartier où vit ma famille. Je n'ai jamais osé me rendre là-bas et frapper à leur porte. Et s'ils ne m'ouvraient pas ?

À la bibliothèque, je tente de lire *Roméo et Juliette*, même si je ne comprends pas encore le sens de toutes les répliques. J'ai cherché la définition du mot « tragédie » dans le dictionnaire de poche que Mama Ya-Ya m'a offert pour mon anniversaire l'an dernier.

TRAGÉDIE : *œuvre dramatique où les actions se terminent généralement mal.*

J'ai aussi regardé en boucle avec Mama Ya-Ya

le film *Roméo+Juliette*. J'étais fascinée de voir l'amour qui unit les deux jeunes amoureux et la haine qui déchire leurs parents.

Ma scène préférée est celle du bal masqué. Juliette, avec sa belle robe longue et flottante et ses ailes blanches d'ange, est de loin la plus élégante. Roméo, lui, porte une armure étincelante de chevalier avec une épée.

Il suffit que leurs regards se croisent et c'est le coup de foudre.

La rencontre entre mes parents s'est sûrement déroulée de la même manière : ils sont allés à une fête et, pendant que le DJ mixait aux platines, ils sont tombés amoureux. Les autres invités ont alors quitté la piste pour admirer mes parents.

Un jour, les vers de Shakespeare n'auront plus aucun secret pour moi. Par exemple, j'ai longtemps pensé que l'expression « sous des étoiles contraires » signifiait littéralement deux étoiles filant vers des points opposés de l'Univers. En réalité, elle signifie que le jeune couple d'amoureux était « maudit ».

Mes parents étaient maudits. C'est pourquoi

ma mère hante toujours la chambre de Mama Ya-Ya. Elle attend le jour où mon père, fantôme ou non, viendra nous chercher toutes les deux.

Dans le salon, Mama Ya-Ya est confortablement installée dans son fauteuil favori. Je dépose une couverture bleue sur ses genoux.

– J'ai appris du Shakespeare, tu veux que je te le récite ?

– Bien sûr !

Certes, Mama Ya-Ya est ma seule spectatrice et je me trouve sur le vieux tapis du salon. Mais, m'imaginant sur la scène d'un immense théâtre, je fais de grands gestes, comme si je m'adressais au monde entier : « Car jamais aventure ne fut plus douloureuse que celle de Juliette et de son Roméo. » Puis je mets une main sur le cœur et salue.

Mama Ya-Ya, un large sourire illuminant sa peau brune et ridée, applaudit à tout rompre.

– Oh, Lanesha, tu es un vrai petit miracle.

Calée au fond de son siège, ses pieds touchant à peine le sol, Mama Ya-Ya ressemble à une minuscule coquille de noix. Au-dessus d'elle sur le mur, j'aperçois la photo de son président pré-féré : William Jefferson Clinton. Comme à son habitude, elle se met à somnoler, la tête légère-ment penchée.

Je sors mon cadeau d'anniversaire : un paquet de stylos brillants. Avec le stylo violet, j'écris en attaché dix fois de suite :

Roméo + Juliette = Moi

J'adore m'exercer à cette écriture. Ça me donne l'impression d'être adulte.

Lanesha Mama Ya-Ya

J'aime regarder Mama Ya-Ya dormir. Parfois, elle tressaute en rêvant.

Pour la réveiller, je n'aurais qu'à prononcer le nom « Oprah » et elle me crierait de lui apporter ses lunettes à triple foyer et d'allumer la télé. Mais la journée a été longue, elle doit se reposer. Cet été, nous n'avons pas manqué une seule émission de la célèbre présentatrice. Selon Mama Ya-Ya :

– Oprah est une fille du Sud, voilà pourquoi elle est aussi intelligente !

J'aime voir Oprah Winfrey rire et parler d'amour. Et moi, si elle me rencontrait, m'aimerait-elle ?

Mama Ya-Ya, elle, m'aime envers et contre tout. S'il m'arrive d'être distraite, de ne pas finir une corvée de ménage, ou de me montrer triste et grognon, Mama Ya-Ya me serre un long moment dans ses bras. Même lorsqu'elle me gronde, elle finit toujours par me faire un câlin.

Quand je suis dans ses bras, je sens l'odeur du Vicks VapoRub, une pommade à base d'eucalyptus et de menthol qui chatouille les narines, et de Soir de Paris, un chaud parfum d'arbres et de fleurs de magnolia. Les deux senteurs s'accordent à merveille.

– Soir de Paris ne se fabrique plus. Bientôt il aura disparu, tout comme moi, répète Mama Ya-Ya tous les jours en appliquant une touche du parfum derrière les oreilles.

Ce matin, toutefois, Mama Ya-Ya a froncé les sourcils en observant son reflet dans le miroir.

— Madame la Mort commence à perdre patience. Elle ne va pas tarder à m'emmener sur le Mississippi. Je mettrai alors mon chapeau à plumes et ferai de grands signes de la main comme à la parade de mardi gras.

Je n'aime pas l'entendre parler ainsi.

Son menton touche sa poitrine. Elle dort à poings fermés.

Je range mon stylo violet dans la pochette plastique puis effleure la main de Mama Ya-Ya. Elle relève la tête, ses yeux vacillent.

— Mama Ya-Ya, laisse-moi t'aider à te mettre au lit.

— Tu es une bonne petite fille, déclare-t-elle en me tapotant la joue. As-tu passé une bonne journée ? Un bon anniversaire ?

— Oui, Mama Ya-Ya.

Ce fut une bonne journée.

Mama Ya-Ya s'appuie sur mon bras droit. Sa canne est en bois d'ébène lustré avec, au sommet, un crâne en ivoire auquel ses doigts se cramponnent avec désespoir. Nous marchons très lentement, pas à pas, jusqu'à sa petite chambre (le fantôme de ma mère a disparu). Je l'emmène vers le lit à baldaquin aux draps blancs et à la couverture jaune. Les murs de la pièce sont recouverts d'un papier peint vert rayé ; des cordons de rideaux pendent mollement le long des deux fenêtres. Le jour décline et pas un souffle de vent ne vient apaiser la chaleur étouffante.

La table de chevet est recouverte d'objets divers : un verre à dentier, des médicaments pour la tension artérielle, de l'huile de foie de morue et des feuilles de romarin que Mama Ya-Ya met dans le thé pour calmer son arthrite.

Au fond de la pièce, en guise d'autel, une petite table ornée de bougies à la flamme vacillante, d'icônes de saints catholiques et de dieux vaudous. Il y a un chapelet en argent aux grains bleus scintillants et, près de l'assiette d'offrandes remplie de haricots et de riz, son sac noir de sage-femme. Il est toujours fermé et ne change jamais de place, mais je sais que Mama Ya-Ya y touche encore. Elle le nettoie et y range tous ses instruments, prête à intervenir s'il le faut.

Je retire les sabots noirs des pieds fins de Mama Ya-Ya.

– C'est à moi de te mettre au lit, proteste-t-elle.

– Non, c'est mon tour. Je vais m'occuper de toi comme d'une poupée.

– C'est moi la poupée ? glousse Mama Ya-Ya.

– Oui, dis-je en éclatant de rire. Je plaisante, bien sûr.

– C'est sûr. Moi, une poupée ! Tu peux y aller, je vais me débrouiller toute seule.

Mama Ya-Ya prend sa chemise de nuit dans l'armoire et pose ses lunettes sur la table de chevet.

– Poupée, jouet mécanique, poupée plastique, marmonne-t-elle en riant.

– Bonne nuit, Mama Ya-Ya.

Elle ne m'entend pas.

Dans le couloir, je sautille jusqu'à ma chambre, enchantée d'avoir fait rire Mama Ya-Ya.

Je m'affale sur mon lit. J'adore ma chambre.

Cet été, Mama Ya-Ya m'a laissée repeindre les murs en différentes nuances de bleu : clair, océan et azur. Le mur derrière ma tête de lit est bleu foncé. Le rouleau à peinture était aussi simple à manier qu'un rouleau à pâtisserie : d'abord de gauche à droite, puis de haut en bas, demi-tour, on trempe le rouleau dans le seau et on recommence, encore et encore. Mes mains, ainsi que quelques mèches de cheveux, ont été bleues pendant une semaine.

Je m'étends sur le dos et m'étire. Le plafond est d'un blanc immaculé, tout comme mes draps et mon édredon qui, je l'ai promis à Mama Ya-Ya, doivent rester impeccables, sans taches d'encre ni de boue. Jusqu'à présent, j'ai tenu parole. Je possède la plus jolie chambre de toute la maison !

Les murs de ma chambre sont couverts de puzzles. J'aime assembler ces minuscules morceaux colorés, seule ou avec l'aide de Mama Ya-Ya. Je les colle ensuite ensemble pour les fixer au mur. Il y a un puzzle qui représente un champ de fleurs sauvages jaunes, rouges, orange et blanches. Un autre montre un singe suspendu à un arbre. Mais mon préféré reste la reproduction d'un bateau à vapeur remontant le Mississippi avec de grands remous. J'adorerais voyager en bateau. Contrairement à la terre, l'eau semble vivante, elle bouge et s'agite en faisant des clapotis contre la coque et le rivage. J'oubliais la tour Eiffel illuminée, une sorte de sapin de Noël géant, que j'ai accrochée au-dessus de l'armoire. Il m'a fallu des mois pour assembler ces petites pièces dorées en une œuvre magnifique.

Dehors, le coucher de soleil orangé a viré au mauve. J'ai encore des maths à finir. C'est la troisième semaine d'école, et je tiens à avancer mes devoirs.

Je feuillette les pages de mon manuel de mathématiques, envahies de figures sinueuses : plus, +, égal, =, moins que, <, plus que, >, ainsi que de lettres de l'alphabet et de nombres.

– Il y a des signes partout, Lanesha, sois attentive, me répète Mama Ya-Ya depuis mon plus jeune âge.

Je m'efforce de l'être.

J'ai appris que trois pommes pouvaient signifier le chiffre 3. Et qu'en maths les pommes sont aussi des y ou des x. Quant aux figures sinueuses, elles représentent des symboles. «Un signe est plus qu'il n'y paraît.»

Si j'étais aveugle, je ferais glisser mes doigts sur des points en relief. C'est le langage braille, qui m'indiquerait le bon bouton d'ascenseur ou la porte menant aux toilettes pour dames. Je pourrais même lire des histoires.

Miss Perry, mon nouveau professeur de littérature, et Miss Johnson, qui enseigne les maths, me parlent toutes les deux de symboles et de signes. Le titre *Roméo+Juliette* par exemple, n'est-il pas le parfait mélange de mots et de symboles mathématiques ?

Mais les préceptes que je préfère sont ceux de Mama Ya-Ya : «Les coccinelles portent chance» ; «La Petite Ourse, à l'extrémité de l'étoile Polaire, représente la liberté» ; «Le bleu exprime la force, la gentillesse et le bonheur».

Chaque fois que Mama Ya-Ya évoque les

couleurs, elle met les mains sur les hanches, penche la tête, et me demande d'un air taquin :

— Qui aime le bleu dans cette maison ?

— Moi !

Que ce soit en faisant la lessive, le ménage ou en cuisinant, Mama Ya-Ya m'enseigne d'importantes vérités tous les jours.

— Rêver d'alligators est de mauvais augure, m'a-t-elle dit ce matin. Les chiffres aussi ont une signification. Pas seulement les mathématiques, Lanesha. Trois désigne la vie. Huit, le pouvoir. Quatre est le dur labeur en ce bas monde, le monde matériel. Associe-les et ils peuvent vouloir dire tout autre chose. Quatre et huit font douze. C'est la force spirituelle, la véritable force, Lanesha. Les gens ne croient que ce qu'ils voient. Prends un papillon, par exemple. Pour la plupart des gens, ce n'est qu'une créature délicate. Mais en vérité, le papillon est en constante évolution, il passe de l'état de larve repoussante à celui de chrysalide avant d'émerger avec des ailes puissantes. Cherche toujours les signes, Lanesha. Même les fleurs ont une signification. Le magnolia représente la dignité, la beauté.

Des magnolias poussent un peu partout dans notre quartier. Ces grands arbres, avec leurs feuilles blanches soyeuses, fleurissent à chaque printemps. Si Mama Ya-Ya était une fleur, elle serait un magnolia.

Adossée contre mes coussins, j'écris au stylo violet dans mon livre de maths :

Moi
Lanesha
Douze
$8 + 4 = 12$

De ma plus belle écriture, je m'applique à tracer les symboles de ma vie. Après tout, qui s'intéresse à une stupide famille des beaux quartiers ?

Mama Ya-Ya + Lanesha = amour
Je m'aime
Je suis aussi forte qu'un papillon.

Lundi

Depuis toute petite, je vois des fantômes. Ils sont doux et légers. Je passe ma main à travers eux et, en soufflant assez fort, je peux les faire frissonner. Les fantômes ne m'effraient pas car ils semblent perdus, en état de choc. L'air absent, ils errent.

Plus jeune, je croyais qu'il n'y avait que deux sortes de fantômes : les vieux et les plus vieux. Mais depuis que nous avons étudié l'histoire de La Nouvelle-Orléans à l'école, je perçois mieux les différences.

Il y a les fantômes vêtus de robes de bal en soie jaune, des fleurs dans les cheveux, agitant des éventails de soie. Les hommes élégants qui portent des chapeaux de travers leur donnant l'air sophistiqué, et qui battent la mesure de leurs chaussures en daim marron et blanc. Il y a les fantômes en jeans et colliers de perles colorés, comme à mardi gras. Ils exhibent des badges : FAITES L'AMOUR, PAS LA GUERRE, et font un V avec les doigts, le signe de la paix.

Il y a aussi les fantômes tatoués en T-shirts à manches courtes et pantalons larges d'où dépassent leurs sous-vêtements ; ceux-là sont de mon époque. La plupart sont des garçons qui se sont fait tuer lors d'une fusillade, d'une bagarre ou d'un vol. Jermaine, par exemple, un ancien camarade d'école. Quand je passe devant lui, il me salue, le regard éteint. Depuis la rentrée, Jermaine m'attend tous les matins devant l'école, assis sur les marches. Il était censé entrer au collège avec nous tous.

Jermaine séchait souvent les cours. La toute dernière fois, il était dans une épicerie pour acheter un soda. Il s'est pris une balle dans le ventre. Parce qu'il s'est trouvé au mauvais endroit au mauvais moment, il ne finira jamais sa scolarité. Parfois, il me dit que je suis gentille ou me conseille de rester à l'école (comme si j'allais la quitter !).

Je préfère ne pas lui rappeler qu'il se moquait tout le temps de mes yeux vert-jaune et m'appelait « l'œil du mal » ou « l'œil du diable » en faisant des « bouuu » de film d'épouvante chaque fois que je passais près de lui. Mes camarades d'école m'ont toujours donné de drôles de surnoms : Lanesha la folle, Lanesha la bizarre, Lanesha la sorcière. Je préfère les ignorer, ravalant mes larmes. Il n'empêche, s'ils venaient à mourir écrasés par une voiture ou noyés dans un marécage, ils seraient bien contents que je puisse les voir. Je serais leur unique lien avec le monde des vivants.

Parfois, quand je ne supporte plus les moqueries, je vais me cacher dans les toilettes des filles, et je pense très fort à Mama Ya-Ya, ce qui me réconforte.

– Tu es aimée, Lanesha, répète-t-elle sans cesse.

TaShon, mon voisin du bout de la rue, est dans la même classe que moi. Lorsque je le croise, j'ai le sentiment que nous appartenons à la même famille. Après tout, Mama Ya-Ya nous a tous les deux mis au monde, sauf que la mère de TaShon est toujours en vie.

Mama Ya-Ya n'est plus sage-femme. Tout le monde va au Charity Hospital, maintenant. Ta-Shon, le dernier enfant qu'elle a mis au monde, est né avec des doigts en plus. Mama Ya-Ya a bien tenté de dire aux gens que ces deux petites protubérances étaient un bon présage :

– Il s'accrochera à la vie.

Avant la naissance de TaShon, un autre bébé est mort.

– Né prématuré, a expliqué Mama Ya-Ya.

– C'est de ta faute, a dit la malheureuse mère.

Pour les gens, il était plus facile de croire la mère et de mettre en doute le pouvoir des herbes et des plantes de Mama Ya-Ya. Et puis, il y a eu moi, « l'enfant de sorcière ». Un bébé mort-né, un né avec une membrane et un autre affligé de douze doigts, il n'en fallait pas davantage pour que toutes les femmes enceintes aillent au Charity Hospital. Plus question de sage-femme.

Chaque fois que j'aperçois TaShon dans notre rue, je lui fais signe. C'est un garçon à l'air triste, sans cesse persécuté, même si son père a enlevé l'excroissance sur ses mains à sa naissance. À la place, il a deux petits moignons. Son papa travaille dur toute la journée sur les quais. Sa maman, Mrs Williams, est femme de ménage au Casino de Riverwalk : elle fait les heures de jour, de nuit, et même des heures supplémentaires.

— Service non-stop ! aime-t-elle à dire en gloussant.

Les soirs où elle ne travaille pas, elle chante du gospel à l'église New Life, quelques rues plus loin.

TaShon, qui a toujours été le plus petit de la classe, voire de l'école, fait tout pour ne pas se faire remarquer : il file dans les couloirs et reste dans son coin pendant la récréation. Il n'y a que les fantômes qui s'intéressent à lui. Bien sûr, lui ne peut pas les voir.

En classe, TaShon ne regarde pas le tableau. Parfois, il joue seul au morpion. D'autres fois, il fredonne, et quand les autres garçons l'entendent, ils lui donnent une tape sur la tête. La plupart du temps, il est dans son monde, la tête tournée vers la fenêtre, le regard rivé au loin, à travers les barres de sécurité, vers l'horizon.

À l'école, je ne lui dis pas bonjour parce que les moqueries ne feraient qu'empirer pour lui. Quelle injustice ! TaShon doit se sentir tellement seul. Je ne suis pas sûre qu'il s'accroche à la vie, mais je garde espoir.

– Le jour viendra où l'amour éclairera le monde, affirme Mama Ya-Ya. Il y a davantage de bons présages en ce monde que de mauvais.

Heureusement à l'école, je peux compter sur la bonté de mes professeurs et, malgré les railleries de mes camarades, j'aime bien mon nouveau collège. Miss Perry, ma professeure d'anglais de Teach for America*, porte du jaune, la couleur de la paix.

* Teach for America est une organisation à but non lucratif dont la mission est d'éliminer l'inégalité en matière d'éducation. Pour y parvenir, l'association recrute de jeunes diplômés issus de grandes écoles ou des professeurs confirmés pour enseigner dans les communautés à faible revenu des États-Unis.

— Les enfants, le mot de vocabulaire du jour est « courage », dit-elle d'une façon noble et douce. Ce qui signifie « la force morale face aux épreuves, au danger et à la souffrance ».

Je jette un coup d'œil en direction de TaShon. Tiens, il écoute attentivement Miss Perry. Peut-être qu'il aime les mots, lui aussi. Courage contient trois syllabes. Trois, nombre puissant, est le symbole de la vie. Il signifie faire la paix avec nos pensées, nos mots, et nos actes.

Je suis impatiente de confier à Mama Ya-Ya mon nouveau mot.

Mardi

Le lendemain, les mots de Mama Ya-Ya me trottent dans la tête :

— Les signes sont partout, regarde bien.

Sur le chemin de l'école, je remarque que les fleurs semblent assoiffées, et que notre collège, vieux et délabré, paraît flambant neuf grâce aux changements sur le tableau noir et aux craies rouges, bleues, blanches et vertes qui m'envoient des signaux puissants.

J'observe Miss Johnson, qui tente d'expliquer à Andrew ses signes à elle, ceux des mathématiques. Miss Johnson répète encore et encore, avec beaucoup de patience et de gentillesse.

Andrew pose toujours de drôles de questions, telles que : « Pourquoi $y = x + c$? Pourquoi pas z ? » ; « Pourquoi l'eau bout ? » « Pourquoi Lincoln n'a-t-il pas joué aux cartes plutôt que d'aller se faire assassiner dans un théâtre ? » Je ne l'ai jamais vu redoubler, même si les adultes disent qu'il est lent.

– Si on le laisse à l'école, c'est uniquement pour éviter à sa mère d'avoir à le faire garder pendant qu'elle travaille, affirment les gens.

Je ne suis pas d'accord. Andrew est intelligent, il a simplement sa propre façon de voir le monde.

D'habitude, en cours, je demeure silencieuse et garde la tête baissée. Mais aujourd'hui, le troisième jour de mes douze ans, je chuchote à l'oreille d'Andrew :

– Je vais t'aider. Au déjeuner, je te montrerai ce que les chiffres et les lettres signifient.

– Signifient quoi ? demande Andrew, écarquillant de grands yeux marron et curieux.

Il réagit comme si je lui avais toujours parlé, ce qui n'est pas le cas. Je ne veux pas lui attirer d'ennuis. Dans mon collège, il n'y a que les élèves populaires qui se déplacent en petits groupes.

Parfois, les filles portent toutes des jupes courtes noires ou des perles de même couleur pour attacher leurs tresses, et elles se moquent de moi, d'Andrew et de TaShon.

— Signifient quoi ? insiste Andrew, impatient.

— La quantité. Les chiffres expriment la quantité.

Andrew sourit poliment.

La cloche sonne.

— Suis-moi, lui dis-je.

Notre cour d'école est en béton, avec un vieux mur de handball et des lignes de terrain de basket qui s'effacent. La plupart des enfants se tiennent autour, l'air ennuyé. En général, j'emmène un livre pour me distraire. Aujourd'hui, je suis avec Andrew.

On s'installe à une table de pique-nique rouillée. Le soleil nous chauffe agréablement. Je lance des regards farouches aux alentours, défiant quiconque de se moquer de nous. Heureusement, les autres nous laissent tranquilles. Ils sont peut-être surpris de voir Andrew dehors.

— Commençons avec des calculs.

Andrew me dévisage. Son nez est couvert de taches de rousseur. Il a un trou dans son T-shirt qui laisse entrevoir son nombril. Derrière lui, j'aperçois un fantôme maigrichon, sans doute un ancien professeur, portant une barbe et un nœud papillon.

J'écris 5 + 5, 6 + 6 et 7 + 7. Puis 5 × 2, 6 × 2, et 7 × 2.

— Est-ce que 5 plus 5 est la même chose que 5 fois 2 ?

Je pensais que ces calculs étaient faciles, mais Andrew ne répond pas. J'essaie à nouveau :

— Regarde. Compte.

Je dessine cinq autres petits bâtons.

Andrew demeure silencieux, l'air perplexe.

— Je n'ai pas besoin des maths et les maths n'ont pas besoin de moi, dit-il.

Puis il se rapproche et se penche vers moi comme s'il était sur le point de me confier un secret.

— Tu sais pourquoi l'air existe ? chuchote-t-il.

— Pour qu'on puisse respirer.

Il hoche la tête.

– Pour qu'on puisse vivre. On ne peut pas le voir, mais il est toujours là.

Il prend une grande bouffée d'air, creusant ses joues comme un squelette.

– Là-dedans.

Il désigne sa poitrine. Puis il ouvre grand la bouche et expire bruyamment. Il sourit et s'esclaffe. Vous voyez, Andrew est intelligent à sa façon.

Le fantôme lève une main pour m'en taper cinq, mais je l'ignore.

On s'assied confortablement. Andrew désigne les fourmis qui se déplacent sur la table.

– Regarde-les respirer, me dit-il.

– Mama Ya-Ya t'aimerait beaucoup. Elle non plus n'a pas besoin des maths.

Moi, j'en ai besoin.

Mama Ya-Ya n'est jamais allée à l'école. Sa mère, qui tenait son savoir de sa propre mère, lui a appris tout ce qu'elle sait.

Les enseignements de Mama Ya-Ya sont aussi précieux pour moi que ceux de l'école : les signes, les rêves, les mots, les maths. Comme l'air, ils font respirer mon esprit.

La cloche retentit.

– Tu es intelligent, Andrew, comme moi !

– Comme moi, répète-t-il en gazouillant tel un oisillon.

On retourne en classe. Personne n'a osé venir nous embêter.

Après l'école, Miss Johnson, ma professeure, me donne des cours particuliers. Le mardi, nous restons tard à travailler sur des problèmes difficiles.

– Lanesha, tu es une vraie éponge, me répète souvent Miss Johnson.

Une éponge, ce n'est pas très joli, mais je crois comprendre ce que Miss Johnson veut dire. Selon Mama Ya-Ya :

– Ce n'est pas parce que tu es intelligente que tout sera facile. Tu dois travailler dur, Lanesha, tous les jours sans exception.

Lorsque je n'arrive pas à résoudre un problème, je me sens terriblement frustrée ; mais quand j'y parviens, j'ai envie de chanter à tue-tête, comme si tous mes soucis avaient disparu.

— Tu pourrais devenir ingénieure, me dit Miss Johnson.

— Les ingénieurs construisent des objets, n'est-ce pas ? je demande, ravie.

— En effet.

— Des maisons, des appartements, des bâtiments ?

— Plutôt des barrages ou des ponts. Attends.

Elle se lève et fouille dans son sac.

— Mon ami m'a envoyé une carte postale, déclare-t-elle en me la tendant.

Un magnifique pont rouge s'élève de la brume au-dessus de l'eau.

— C'est le Golden Gate.

— Pourquoi il s'appelle comme ça ?

— Je ne sais pas. Tu pourrais faire des recherches. C'est un pont suspendu.

— Ça veut dire quoi ?

— À toi de chercher.

— Vous me faites penser à Miss Perry.

Je vais faire des recherches. Je connais la définition du mot « suspense ». Mais quel est le rapport avec un pont ? Avec les maths ?

Mes doigts dessinent les contours du Golden Gate au-dessus de la mer. Ce doit être l'océan Pacifique car il y a écrit « San Francisco » sur la carte. Je regarde la photo, le cœur battant à tout rompre.

Le pont est si beau ! J'adorerais en construire. J'aime sa forme, on dirait un puissant papillon de fer s'élevant dans les airs. Mon premier pont relierait le District Neuf aux beaux quartiers de La Nouvelle-Orléans. Peut-être ma famille accepterait-elle de le traverser ? Ou me laisserait-elle le franchir ?

Je rentre de l'école sans me presser. La carte postale de Miss Johnson se trouve dans la poche arrière de mon jean. Elle me l'a donnée, même s'il y a écrit : « Chère Evelyn, ta place est ici. Affectueusement, Jim. »

J'ignorais qu'elle s'appelait Evelyn.

Le ciel est d'un bleu éclatant. C'est la fin de

l'été, la saison des ouragans, mais le temps est au beau fixe. Ça arrive parfois, le calme avant les trombes d'eau. Je m'arrête et respire profondément. Je sens des odeurs de poisson, d'eau salée provenant du Golfe, d'algues du Mississippi, et de friture de poisson-chat. Et puis il y a autre chose dans l'air : un parfum d'antan et de douleur. Que cela peut-il bien signifier ? Il faut que je demande à Mama Ya-Ya. Selon elle, « les sens nous disent tout. La vue, le toucher, l'odorat, les sensations. Fie-toi à tes sens et tu ne perdras jamais ton chemin ».

La différence, c'est que Mama Ya-Ya possède une certaine expérience qui me fait défaut. J'ai seulement douze ans et tant de choses à apprendre.

Je continue à marcher, humant l'air et imaginant des ponts. Je vois déjà le métal et les câbles former des figures dans le ciel. Bâtir un pont, c'est assembler les pièces d'un puzzle, sauf que ce n'est pas du carton qu'on colle et qu'on accroche au mur. Non, c'est une passerelle qui aide les gens et les voitures à traverser une rue, une étendue d'eau, ou un gros trou dans le sol. Construire des ponts relève de la magie. Les miens seront magnifiques, puissants et délicats comme des papillons.

Des jurons, des pleurs et des aboiements m'arrachent à mes rêveries. J'aperçois des garçons s'acharner sur quelqu'un à coups de pied et de poing.

— Hé, arrêtez ! m'écrié-je.

Furieuse, je m'élance vers eux et bouscule un des garçons. Il se retourne, prêt à riposter, mais il baisse les poings en me voyant. Je ne suis que la fille timbrée de Mama Ya-Ya.

— Qu'est-ce que vous fabriquez ?

Je connais ces garçons : Eddie, Max et Lavon, des petits voyous.

— Occupe-toi de tes oignons, répond Max.

Il gonfle le torse, se la joue gros dur. Je lui fais face et gonfle le torse à mon tour. Les yeux rivés sur Max, je n'arrive toujours pas à voir leur souffre-douleur.

– Tu veux te battre ?

Aucun garçon n'aime être défié par une fille. S'il accepte, je suis morte. La personne qu'ils brutalisent, en larmes, ne me sera d'aucune aide.

– Pourquoi je me battrais avec une fille ? Ce serait une perte de temps.

– Ouais, renchérit Eddie.

Max lui crie de la fermer. Il n'a pas bougé et me fixe de ses yeux noirs.

– Rentre chez toi, Lanesha. Ce n'est pas encore Halloween.

Eddie et Lavon ricanent. Max leur tape dans les mains.

– Ta mère, dis-je.

Les ricanements cessent. Max me dévisage, l'air féroce.

– Alors ? je lui lance.

Max est censé répondre « ta mère », mais il n'ose pas. Il a bien trop peur que Mama Ya-Ya ne lui jette un sort. Bien sûr, elle n'a pas ce genre de pouvoirs, et ne ferait pas de mal à une mouche. Mais Max n'en a aucune idée.

– Tu es aussi maigre qu'un fil de fer. Pas

étonnant que les garçons ne t'aiment pas, sac d'os, me dit-il.

En m'insultant, Max garde un peu de sa fierté, et, en échange, j'obtiens ce que je veux. Je préfère donc ne rien rétorquer et me tourne pour voir la personne qu'ils brutalisent. C'est TaShon ! Il a les yeux gonflés et serre contre lui un chien sale.

— Allez embêter quelqu'un d'autre, bande de brutes.

— Ils frappaient le chien, hurle TaShon. Le chien n'a fait de mal à personne.

À l'école, on raconte qu'un jour Max a jeté un chat au feu.

— T'es juste une fille, pas la peine que je perde mon temps.

— Et toi t'es aussi bête que tes pieds, dis-je en serrant les poings, provoquant délibérément Max.

— Vas-y, frappe-la, lance Lavon.

— Ouais, renchérit Eddie, les yeux remplis de colère.

Max me fixe d'un regard noir.

— Allez, venez, les gars, on perd notre temps.

À mon grand soulagement, ils tournent les talons, l'air fier.

— Merci, me dit TaShon.

Il caresse le chien qui le lèche en retour. C'est la première fois que je vois sourire TaShon. Le chien, encore jeune, me regarde, la langue pendante. Il fait peine à voir : des poils courts et fins emmêlés, des yeux marron exorbités, et de grandes pattes sur un petit corps.

— Il a essayé de me sauver, tu as vu ?

— Il aurait dû t'éviter un œil au beurre noir. C'est quoi ? Un labrador croisé avec un terrier ?

— Un berger allemand, répond TaShon, avec un air de défi.

Je me garde bien de lui dire qu'il se trompe.

— Viens, Mama Ya-Ya va soigner ton œil.

— Il faut que j'aille préparer le dîner.

La mère de TaShon rentre à 6 heures.

— À plus tard.

— Tu veux bien garder Spot un petit moment ?

— Qui ?

— Spot, mon chien.

— C'est un drôle de nom.

— Allez, Lanesha, s'il te plaît? Maman ne voudra pas le garder. Elle va dire que c'est «une bouche de plus à nourrir».

Je n'avais encore jamais entendu TaShon parler autant!

— Où l'as-tu trouvé?

— C'est lui qui m'a trouvé, s'exclame-t-il en souriant. Regarde!

Il se lève. Son pantalon est déchiré et son visage est couvert de bleus.

— Il n'a pas de collier, et pas de plaque. C'est un chien errant, et il m'a trouvé.

À mon avis, c'est plutôt TaShon l'animal égaré. Il est comme moi, c'est un solitaire. Il se promène seul dans le quartier ou reste assis sur le porche de sa maison, le regard fixe. Une fois, je l'ai surpris à remplir un bocal de terre pour créer une colonie de fourmis. Je lui ai proposé mon aide, mais il a refusé en me tournant le dos. Depuis, je le laisse tranquille.

— S'il te plaît, Lanesha, aide-moi. Je sais bien

que ce n'est pas un berger allemand. Mais j'ai toujours rêvé d'en avoir un.

Je dévisage TaShon. C'est comme si je le voyais pour la première fois : un beau garçon aux yeux marron et au visage doux qui respire la bonté. La compagnie de ce chien semble le rendre heureux.

— S'il te plaît.

— D'accord. Mais Mama Ya-Ya va peut-être appeler la SPA.

— Non, elle ne le fera pas.

— Comment tu le sais ?

— Je le sais, c'est tout.

Devant sa mine réjouie, je ne peux m'empêcher de sourire. Puis je siffle le chien :

— Par ici, Spot.

Et le chien me suit en trottant, la queue en l'air. Spot est loin d'être un joli chien, ce qui n'a pas l'air de le déranger le moins du monde.

— Regardez qui voilà, dit Mama Ya-Ya tandis que nous entrons. Serait-ce Spot ?

Le chien vient immédiatement se coucher

aux pieds de Mama Ya-Ya, comme s'il était chez lui. Je suis exaspérée, mais pas surprise. Mama Ya-Ya sait tout. Elle aussi possède le don de double vue.

Elle me tend ainsi qu'à Spot un bol de Hoppin' John, un plat composé de riz et de haricots, ainsi qu'à Spot. Tandis que nous mangeons, je regarde la cuisine chaleureuse : la cuisinière à gaz, le coin-repas, les bocaux sur le comptoir remplis d'herbes et de plantes. Mama Ya-Ya fredonne un air mélodieux. Sûrement une chanson de son passé africain, celle d'une autre vie. Spot ronfle doucement à ses pieds.

Une fois le dîner terminé, je fais la vaisselle, et observe les bulles de savon flotter au-dessus de l'évier.

– Une tempête approche. Elle sera là avant la fin de la semaine, affirme Mama Ya-Ya tandis que, les mains trempées, je pose la dernière assiette propre sur l'égouttoir.

Ils n'ont rien dit de tel à la télé, à la radio ou dans les journaux. Je hausse les épaules. Ce ne sera pas la première fois qu'on aura une tempête.

— TaShon approche, lui aussi, ajoute-t-elle.

Cela me surprend toujours de voir Mama Ya-Ya deviner l'arrivée des gens avant même qu'ils n'aient franchi le seuil de la porte. Parfois, je me dis qu'elle a davantage de pouvoirs qu'un super-héros. On entend un grattement sur la porte moustiquaire.

— Lanesha, c'est moi, TaShon.

Spot se dresse, le corps frétillant. Je lève la tête et m'essuie les mains.

— Lavez ce chien avant d'aller au lit, lance Mama Ya-Ya.

— Viens, je dis à TaShon en ouvrant la porte.

Je les emmène sur le côté de la maison.

— J'ai toujours voulu avoir un chien, dit TaShon en caressant Spot.

Je saisis le tuyau d'arrosage et dirige l'eau vers Spot et TaShon. Tous deux hurlent de bonheur. Je lance à TaShon une barre de savon avec laquelle il frotte Spot. L'un comme l'autre n'ont jamais été aussi propres. Spot lèche le visage souriant de TaShon. Les voisins défilent.

— En voilà un beau chien ! s'écrie Mrs Watson. C'est encore un chiot.

— Lave-le au moins trois fois. Les puces détestent le savon, s'exclame Mr Lincoln, qui a une prothèse au pied gauche (il dit que son vrai pied est enterré au Vietnam).

— Qui est ton nouvel ami ? demande Mr D., policier à la retraite, un ami de Mama Ya-Ya.

Je regarde autour de moi, puis comprends qu'il parle de TaShon. Ce dernier se secoue, aussitôt imité par Spot, projetant de l'eau comme un arroseur. Tashon recommence, et Spot aussi.

— Un tour, déjà ! Tu as là un ami intelligent, Lanesha, s'exclame Mr D. Puis il s'éloigne en se dandinant, le ventre ondulant telle de la gelée au-dessus de sa ceinture.

— Hop, hop, hop, je hurle en levant puis en abaissant le tuyau d'arrosage.

TaShon et Spot se mettent à sauter pour éviter le tuyau. Spot tente de mordre le jet d'eau qui sort du tuyau, sous les éclats de rire de TaShon.

Je fais signe à Rudy et à Rodriguez.

Ils vivent dans la petite maison bleue au bout de la rue.

— Lanesha, arrose par ici aussi, me lance Rudy.

J'oriente le jet d'eau dans leur direction et les deux hommes se mettent à sautiller et à rire comme des enfants.

— C'est agréable ! dit Rodriguez. Tu es notre machine à pluie du quartier. Tiens, tu achèteras un os au chien, ajoute-t-il en lançant une pièce d'un dollar à TaShon.

TaShon, les bras en croix, virevolte comme un avion. Spot aboie et poursuit sa propre queue. J'élève le tuyau d'arrosage ; l'eau retombe comme une douce pluie d'été.

Quelle merveilleuse journée !

Je pensais que ce jour serait tout ce qu'il y a de plus ordinaire, mais il a réservé bien des surprises : Andrew, TaShon et Spot, et puis Miss Johnson qui a dit que je pourrais devenir ingénieure.

La plupart des voisins, qui ne possèdent pas l'air conditionné, sont dehors. Les maisons, peintes aux tons pastel, sont censées retenir la fraîcheur, pourtant nous sommes tous en sueur.

J'entends le son bruyant du journal télévisé de Mama Ya-Ya depuis la fenêtre : « *Une tempête tropicale soulève de grandes vagues aux Bahamas. Des satellites montrent l'ouragan en formation avec une rotation contraire aux aiguilles d'une montre. Les vents, à soixante kilomètres-heure...* »

Un air de saxophone s'élève dans le quartier. Des garçons jouent au basket-ball ; d'autres rappent au coin de la rue en se prenant pour des stars de télé. Les filles jouent aux osselets ou sautent à la corde. Les plus âgées sont assises sur les porches, commérant, se tressant les cheveux les unes les autres, ou feuilletant de vieux magazines de mode.

Les adultes rentrent du travail, un sourire béat aux lèvres. Leurs visages ridés s'adoucissent une fois qu'ils garent leur voiture ou descendent du bus. Les hommes se débarrassent de leur veste, et les femmes envoient valser leur sac à main. Les retraités se promènent dans le quartier en propo-

sant leur aide. Ils grondent les enfants qui traver-
sent la rue en courant.

J'éprouve soudain une grande bouffée de
bonheur. Ce quartier est mon foyer.

Qui a besoin d'une stupide famille des beaux
quartiers ?

Mercredi

Je me réveille et m'étire. Le soleil éclatant fait scintiller les murs bleus de ma chambre. Spot, qui a dormi dans mon lit, s'éveille aussi. Je retombe sur mon oreiller. Spot pose la tête sur moi et me lèche le visage.

— C'est l'heure d'aller à l'école.

Une fois habillée, je passe devant la chambre de Mama Ya-Ya. Il n'y a personne excepté le fantôme de ma mère. Étendue sur le lit, aussi immobile qu'un alligator, elle prend le soleil. Étant habituée à sa présence, je ne m'attarde pas. Spot, lui, s'arrête. Les oreilles droites, la queue relevée et le poil hérissé, il est en alerte.

— Tu la vois ? C'est ma maman d'il y a très

longtemps. Ne t'inquiète pas, elle ne nous veut aucun mal. Elle ne fait que dormir ou rester assise.

Sans bouger, Spot me regarde comme s'il me comprenait.

— Je crois qu'on lui manque. Ou alors elle attend quelque chose. Mais je ne sais pas quoi. Ça fait déjà douze ans.

Spot me lèche la main. J'ai la gorge serrée.

— Je ne peux ni la toucher ni lui parler. Enfin si, mais elle ne répondra pas. Je ne sais pas pourquoi.

Spot redresse la tête en reniflant. Si Juliette avait eu un chien, elle aurait sûrement été moins triste. Puis Spot se détourne et descend allègrement les escaliers.

— La météo annonce une grosse tempête, peut-être un ouragan. Qu'est-ce que j'avais dit ? dit Mama Ya-Ya en éteignant le feu sous une casserole. Je le sentais. J'ai vu les oiseaux quitter leurs arbres, j'ai vu que l'eau mettait du temps à bouillir. Rentre tout de suite après les cours,

Lanesha. Je vais avoir besoin de toi pour acheter des réserves. Du lait, du pain, du riz, des haricots et des bouteilles d'eau.

— Tu crois que ce sera un autre Betsy ?

Avant ma naissance, l'ouragan Betsy a ravagé La Nouvelle-Orléans. J'ai vu des images d'archives au journal télévisé. Les gens n'avaient même plus d'eau potable ni de nourriture. Mama Ya-Ya nous veut prêtes à toute éventualité.

Spot s'assied et mendie auprès de Mama Ya-Ya. Il a déjà eu son petit déjeuner mais elle lui donne un morceau de pain grillé, puis dépose une assiette devant moi. Fascinée par les couleurs vives de l'œuf retourné, je perce le jaune et observe la rivière baveuse qui tourbillonne, puis l'arrose de sauce piquante rouge.

Mama Ya-Ya s'est assise. Les cheveux en bataille, elle semble tout juste sortie du lit. Étrange, car elle ne vient jamais à table sans avoir peigné ses cheveux ! Elle n'a pas mis son dentier, ce qui lui creuse les joues. Elle émet un bref sifflement en respirant à travers ses gencives. Spot vient poser la tête sur ses genoux. Mama Ya-Ya lui caresse la tête d'un air distrait.

– J'ai fait un rêve, je n'ai pas encore compris ce qu'il veut dire.

Mama Ya-Ya fait souvent des rêves prémonitoires, il n'y a pas de quoi s'inquiéter. Parfois, elle rêve d'une interro surprise de vocabulaire ou de maths à l'école. Ainsi, je peux réviser à la dernière minute au petit déjeuner. Elle me sert alors du jus d'orange, du bacon et des œufs, la nourriture idéale pour apprendre. Si j'ai de la chance, Mama Ya-Ya prépare aussi du gruau ou des pommes de terre sautées.

La plupart du temps, les songes de Mama Ya-Ya concernent les gens malades, ceux qui perdent leur emploi, ou les bébés à naître. Une fois, elle a rêvé que Mr Bailey allait se casser la jambe. Elle l'a prévenu qu'il était trop âgé pour mettre du goudron sur son toit, mais Mr Bailey a agité la main en s'exclamant :

– Soixante-dix plus sept est un chiffre porte-bonheur !

Malheureusement, il a fini par tomber de son

échelle. Pendant un mois, il m'a lancé des regards furieux en frappant ses béquilles sur le sol chaque fois que je venais lui apporter les pralines encore chaudes de Mama Ya-Ya.

Le petit déjeuner est mon moment préféré de la journée. Mama Ya-Ya et moi discutons de tout et de rien : de l'école («Je veux naviguer sur tous les océans de la terre», déclarerais-je), de chaussures neuves («Tu grandis si vite, dirait-elle), du repas du soir («J'aimerais des côtes de porc»), et de mes tâches ménagères du week-end («Tu nettoieras la salle de bains»).

Mais aujourd'hui, elle est assise en face de moi, les sourcils froncés. D'habitude, Mama Ya-Ya, qui ne supporte pas la saleté ni la graisse, nettoie la cuisine pendant que je prends mon petit déjeuner.

– Dans mon rêve, Lanesha, me dit-elle d'un air grave, des nuages noirs surgissent, le vent commence à souffler, la pluie tombe, l'eau devient claire. Puis le soleil revient, les gens retournent à leurs occupations, tout le monde est heureux. Mais ensuite, c'est le noir complet.

C'est comme si on baissait un rideau, ou que l'on déposait un linceul sur les morts. Comme si Dieu avait éteint la lumière.

Elle frappe les mains sur le comptoir et regarde fixement le plafond comme s'il détenait la vérité. Je lève la tête, mais tout ce que je vois, c'est notre lampe de cuisine avec des insectes morts dans la vasque en verre.

Devant l'incapacité de Mama Ya-Ya à interpréter son rêve, je commence à me sentir anxieuse. Elle se lève et saisit la casserole de lait bouillant sur la cuisinière.

— Cette tempête ne sera pas aussi violente que Betsy, affirme-t-elle.

Elle verse le lait dans mon bol. Je bois du café au lait depuis l'âge de cinq ans, ce qui me donne l'impression d'être une grande. Maintenant que je suis un peu plus âgée, je vois bien que Mama Ya-Ya ne met pas beaucoup de café.

— Maman est à l'étage.

— Je sais. Que fait-elle ?

— Elle dort. Pourquoi un fantôme a-t-il besoin de dormir ? Elle pourrait parcourir le monde.

Je ne sais pas pourquoi je parle de ma mère. Quand j'étais petite, je voulais tout connaître à son sujet, puis j'ai fini par découvrir qu'il n'y avait pas grand-chose à savoir.

Mama Ya-Ya me caresse les cheveux d'un air absent. Les yeux plissés par l'inquiétude, elle ramasse mon assiette qui, barbouillée de jaune, d'orange et de rouge, ressemble à une véritable œuvre d'art.

— Dépêche-toi, tu vas être en retard à l'école.

Je saisis mon cahier de textes. Spot se précipite vers moi.

— Toi, tu restes là, Mama Ya-Ya a besoin de compagnie.

— Avec tous ces fantômes dans la maison, j'ai bien assez de compagnie.

— Les chiens ne sont pas admis à l'école. En plus, Spot aussi peut voir les fantômes.

— Vraiment?

Aidée de sa canne, Mama Ya-Ya se penche vers Spot et plonge son regard dans le sien. Il sera un parfait confident. D'ailleurs, à peine aurai-je quitté la maison qu'elle commencera à bavarder avec lui.

J'ouvre la porte moustiquaire. Je sens le parfum des arbres, des fleurs et du bacon, aliment dont raffolent tous mes voisins.

– Tu crois que ma mère partira un jour ?

– Elle partira lorsqu'elle aura rempli sa mission. Vas-y maintenant. Tu vas être en retard. Tu veux un peu de bacon ? demande-t-elle à Spot.

Je souris. Mama Ya-Ya et Spot vont s'entendre à merveille.

Je passe une bonne journée. J'apprécie même le cours d'éducation physique, où je gagne la course sur piste. Virginia, que l'on appelle Ginia, arrive juste derrière moi. Ginia a un très grand sourire, un tout petit nez, et de belles tresses africaines avec des perles de cristal arc-en-ciel. Elle est jolie et populaire, et se montre gentille avec moi. J'aurais aimé que nous ayons d'autres cours en commun que le sport. Parfois, je la croise dans les couloirs en compagnie des autres pom-pom girls, qui aiment se balader dans le centre commercial Riverwalk après l'école, en crânant.

La semaine dernière, Ginia m'a proposé d'y

aller pour essayer des vêtements. Nous n'avons pas d'argent à dépenser, mais on peut passer des après-midi entiers à flâner dans les magasins en buvant des granités.

J'ai refusé. Je sais que Ginia éprouve simplement de la pitié pour moi. En plus, même si elle est sincère, ses amies, elles, ne le sont pas. À un moment ou un autre, l'une d'elles se mettra à parler de mes yeux bizarres, ou demandera : « C'est vrai que tu vois des morts ? » Ou alors elles feront preuve d'une fausse compassion parce que je n'ai pas de parents et m'appelleront « l'orpheline ». Pire encore, elles traiteront Mama Ya-Ya de sorcière. Et là, il faudrait que je me batte. J'apprécie trop Ginia pour lui gâcher son plaisir.

Cependant, elle persiste à essayer de devenir mon amie. N'ayant pas fréquenté mon école élémentaire, elle ignore que j'ai toujours été solitaire.

— Lanesha, tu veux qu'on écoute mes nouveaux CD après les cours ? me demande-t-elle à bout de souffle après la course, les mains sur les genoux.

— Je ne peux pas.

— Tu dis toujours ça.

— Mama Ya-Ya veut que j'aille faire des courses, dis-je, à deux doigts d'accepter sa proposition.

— Je viendrai avec toi.

J'ouvre des yeux ronds.

— D'accord, dis-je, prise au dépourvu.

Pendant le cours de mathématiques, je ne parviens pas à me concentrer. Ginia était-elle sérieuse ? Je l'espère. Peut-être m'attendra-t-elle après les cours ?

Au déjeuner, je mange un sandwich au thon et un jus de pomme à ma table. Je l'appelle « ma table » car personne ne vient se joindre à moi. Cependant, à l'inverse de TaShon, je n'essaie pas d'être invisible. Je suis installée au beau milieu de la cantine. Je n'ai pas honte de moi-même. En cours, c'est la même histoire : mes camarades m'évitent comme la peste. Dans mon ancienne école, lorsque les professeurs obligeaient un élève à se mettre à côté de moi, il se mettait à hurler :

– Je ne veux pas, je ne veux pas !

Mes professeurs, croyant voir que la situation ne me dérangeait pas, ont fini par laisser tomber. En réalité, l'attitude de mes camarades me blesse, mais, par fierté, je n'en montre rien. Au déjeuner, je lis ; en classe, je me concentre sur le professeur et le tableau. J'efface de mon champ de vision les élèves et préfère imaginer que ce sont des fantômes, eux aussi.

Mais aujourd'hui, je n'arrête pas de penser à Ginia. Miss Johnson m'a demandé deux fois si quelque chose n'allait pas. Gênée, je n'ai pas su quoi répondre.

J'observe l'horloge : ses aiguilles mesurent le temps, très lentement. Ma famille des beaux quartiers m'aura au moins appris une chose : on n'obtient pas toujours ce que l'on veut dans la vie, même si on le souhaite très fort. Je ne devrais pas passer du temps avec Ginia après les cours. Pourquoi risquer son mépris une fois qu'elle aura tout découvert ?

Tic. Finalement, la grosse aiguille de l'horloge indique douze et la petite, trois. La cloche sonne.

J'enferme mon cœur dans de l'acier. Je ne souffrirai pas.

Je ne pensais pas qu'acheter du lait, du pain et de l'eau pouvait être si amusant. Mr Ng, le propriétaire de la petite épicerie, parle avec Ginia de sa fille, Mengying, qui habite au Vietnam.

— C'est ma correspondante, dit Ginia. Quand Mr Ng aura assez d'argent, il fera venir Mengying. Plus tard, elle me fera visiter le Vietnam, la terre aux milliers de temples.

— Mettez-les sur le compte de Mama Ya-Ya, dis-je en indiquant le pain, le lait et l'eau sur le comptoir.

— Pas de problème, répond Mr Ng.

Il sait que le chèque de la retraite, la pension d'invalidité et les allocations sociales du quartier arrivent le premier du mois. Mama Ya-Ya paie toujours ce qu'elle doit. Nous sommes mercredi 24. Le premier du mois, nous serons riches (nous mangerons des crevettes fraîches et de l'andouille aux épices) ; le lendemain, nous serons à nouveau pauvres.

— Est-ce que Mama Ya-Ya prévoit un oura-gan ? demande Mr Ng. À la météo, ils ont dit qu'un ouragan arrivait en Floride.

— Elle a dit qu'une tempête approchait, et que nous devions nous préparer.

— Et les fantômes de Mama Ya-Ya en disent quoi ? Que l'on doit se préparer ? Qu'une tem-pête approche de La Nouvelle-Orléans ? Ou un ouragan ? Lequel des deux selon eux ?

Mr Ng croit aux fantômes. Il a confié à Mama Ya-Ya que le Vietnam en était rempli. De temps en temps, ils parlent plantes et onguents tous les deux. Mr Ng confie ses angoisses au sujet de ses ancêtres, espérant que ses cousins s'occupent des tombes familiales. Mama Ya-Ya lui dit : « Je comprends. » Elle lui donne une accolade puis Mr Ng s'incline. Leur conversation est invariablement la même.

— Ils n'ont rien dit cette fois-ci, Mr Ng, je réponds, gênée de parler fantômes devant Ginia. Elle l'a vu dans ses rêves.

Ce n'est qu'une question de temps avant que Ginia ne s'enfuie en courant. « Des fantômes, des rêves », dira-t-elle, l'air dégoûté, pensant que je suis folle à lier.

Je saisis les sacs et sors.

Dehors, le ciel est nuageux et le vent souffle à travers les cyprès. Le soleil semble avoir disparu.

– Ma grand-mère aussi voit des choses, dit Ginia. Mais on n'en parle jamais.

Je souris, et Ginia me sourit en retour. Elle glisse sa main sur la mienne et prend le sac contenant le lait et l'eau. L'air est humide, il fait toujours aussi chaud. Les moustiques dévorent mon cou.

Il y a un petit attroupement sous le porche de Mr Palmer, qui est cul-de-jatte. Il a perdu ses deux jambes à cause du diabète. Tous les jours, sa femme pousse sa chaise roulante sous le porche et pose une petite télé sur un guéridon. Son carlin, Beanie, se blottit là où ses pieds devraient être. Tous les deux, ils passent la journée dehors en attendant que Mrs Palmer rentre du Hilton où elle travaille comme femme de chambre.

Mrs Palmer sait que, s'il se met à pleuvoir, elle peut compter sur les voisins pour ramener Mr Palmer à l'intérieur. Elle lui laisse un pichet de bière et un sac rempli de sandwichs pour le déjeuner, ainsi qu'un os pour Beanie. Les voisins qui passent lui apportent parfois des noix de pécan ou une pomme. Ils savent tous que les sucreries lui sont interdites.

– Allons voir ce qui se passe, s'exclame Ginia.

– Bonjour, Mr Palmer.

Il nous salue d'un signe de la tête. Six ou sept personnes se tiennent autour de la petite télé. Personne ne parle. Je reconnais Rudy, Mrs Watson, et quelques camarades de l'école. Max est là aussi, mais il ne fait pas attention à moi. Tout le monde fixe l'écran.

À mon tour, je regarde le présentateur météo à grosse tête blonde qui, à l'aide d'un bâton, indique des lignes et des noms sur l'écran. Il n'y a que des bonnes couleurs : le bleu signifie le bonheur ; le vert, la nature ; le marron, la terre. L'océan Atlantique est bleu. La Floride ressemble à un pouce dressé vert et marron. Mais le présentateur n'arrête pas de se gratter le cou comme s'il n'arrivait pas à respirer. Il me rend nerveuse. Il y a aussi ce petit nuage blanc qui tourbillonne lentement sur le petit écran. Le blanc représente le pur, le sacré. Au centre du nuage, du rouge. Le rouge luit, se contracte, puis grossit à vue d'œil. Il est déjà passé sur les îles ; maintenant, il se dirige droit sur le sud de la Floride.

Selon Mama Ya-Ya, le rouge signifie l'amour ou l'énergie. Ou le sang, le danger.

Le son n'est pas allumé, mais tout commentaire est inutile. Tout le monde peut le voir. En bas de l'écran, il est écrit : Ouragan Katrina, catégorie un.

Ginia et moi arrivons chez moi. Je m'efforce de chasser de mon esprit les couleurs sur l'écran de télé et de profiter de la présence de Ginia Mais les images de la météo ont déjà transformé le quartier. Les adultes, la main en visière, observent le ciel, inquiets. Certains déchargent des litres d'eau de leurs voitures ; d'autres, tels des zombies, ont les yeux rivés sur de petits écrans de télévision ou écoutent de gros postes de radio.

Ginia pose le lait et l'eau, et s'apprête à partir.

— Tu ne veux pas entrer ?

— Je veux bien, mais…

— C'est ta nouvelle amie ? crie Mama Ya-Ya depuis la maison. Est-ce Ginger ? Virginia ? Ginia ?

Surprise, Ginia ouvre de grands yeux.

— Mama Ya-Ya te connaît déjà. Comme je te l'ai dit, elle voit sans avoir vu.

À travers la porte moustiquaire, je réponds à Mama Ya-Ya :

— C'est juste une camarade de l'école.

— Non, pas seulement… bredouille Ginia.

C'est à mon tour d'ouvrir de grands yeux.

— Je dois rentrer, Lanesha, mes parents vont avoir besoin de moi à la maison.

— D'accord. On se voit demain ? ai-je lancé dans un accès de témérité.

Bon, si j'avais vraiment été téméraire, je n'aurais

pas formulé ma phrase comme une interrogation. Je croise les doigts derrière le dos. Ginia saute sur le trottoir, ses tennis font un bruit sec. Je me suis trompée sur une chose : Ginia n'est pas seulement jolie, elle est également forte, comme lorsqu'elle s'élance sur la piste de course. Comment ai-je pu être aussi aveugle ?

— Tu as de la chance, Lanesha, lance Ginia d'une voix claire. Dis à Mama Ya-Ya qu'elle avait bien deviné mon prénom. J'espère pouvoir la rencontrer une prochaine fois.

Personne ne m'avait qualifiée de « chanceuse » auparavant. Des papillons volent dans ma poitrine.

— Au revoir, Ginia !

Je ne pense pas qu'elle m'ait entendue. Elle descend ma rue en courant en direction de sa maison, cinq pâtés plus loin. Ses tennis soulèvent de la poussière.

Ce soir-là, après dîner, allongée sur le tapis dont les poils me chatouillent le ventre, je dessine des ponts. Des gros et des petits. L'un d'eux est aussi imposant que le Golden Gate. Ces images éparpillées sur le sol me rendent heureuse. Je cherche le mot « suspension » dans mon dictionnaire de poche.

PONT SUSPENDU : *type de pont dont le tablier est supporté par un câble ancré de part et d'autre du pont.*

Plantée devant la télé, Mama Ya-Ya essaie de déchiffrer les images mystérieuses montrées à la météo. Le bleu, qui représente l'Atlantique et le golfe du Mexique, prédomine, tandis que le nuage blanc au cœur rouge se déplace. À la fois fascinée et effrayée, je m'arrête de dessiner et me concentre sur les explications du présentateur, qui ressemblent à s'y méprendre à des problèmes de maths.

« *Si le vent souffle au sud, alors l'ouragan pourrait contourner la région du Golfe tout entière.*

« *Si l'ouragan s'affaiblit, alors il pourrait n'y avoir qu'une tempête tropicale sur la Floride, le Mississippi et la Louisiane.*

« *Si Katrina continue à grossir, alors les dommages pourraient être sévères.* »

Cependant, contrairement aux problèmes de

maths, cet ouragan ne pose aucune certitude. La bonne réponse pourrait tout aussi bien être *a*, *b*, ou *c*.

Je vais à la fenêtre et passe la tête dehors. Le ciel est d'un noir de velours et la lune brille d'un blanc éclatant. L'air est dense et humide. Tout paraît tranquille. Même si je sais qu'on ne doit pas se fier aux apparences, il m'est difficile d'imaginer qu'un ouragan sévit non loin de là. Je commence à avoir mal au ventre. De l'autre côté de la rue, un voisin est en train de clouer des planches sur ses fenêtres.

Mama Ya-Ya est toujours devant la télé. Visiblement, le présentateur est la vedette ce soir. Savourant la chaleur douillette de notre salon, je me rassieds pas terre où mes jolis ponts sont éparpillés et me plonge dans la lecture de l'*Encyclopaedia Britannica*, volume P. La couverture est usée, mais l'intérieur est en bon état. Mama Ya-Ya doit rembourser 3 dollars par semaine pendant trois ans jusqu'à ce que l'encyclopédie soit complètement payée. C'est le plus beau cadeau que j'aie reçu. Les volumes ont leur propre étagère, l'unique autre livre étant la Bible de Mama Ya-Ya. Elle la lit souvent et me raconte parfois les histoires. J'aime bien celle de David triomphant du géant Goliath, ou de Moïse bébé sauvé des eaux.

Au-dessus de la bibliothèque, il y a la photo de Mama Ya-Ya me tenant la main quand j'avais deux ans. J'ai beaucoup changé depuis. Mama Ya-Ya, elle, est toujours aussi belle et pleine de sagesse.

Tandis que la nuit tombe, je dévore tous les articles concernant les ponts. Comment les architectes célèbres et les ingénieurs ont-ils réussi à relier un point A à un point B à partir de simples symboles mathématiques ? Comment ont-ils pu transformer des signes invisibles aux yeux des gens en métal, en boulons et en câbles ?

Jeudi

25 août.

Levée aux aurores, Mama Ya-Ya a allumé et la radio et la télévision. Spot et moi sommes inquiets. Elle ne cesse d'aller et venir entre les deux.

– Ce n'est pas la tempête le problème, marmonne-t-elle.

Elle n'a toujours pas prononcé le mot « ouragan ».

– « Katrina est un ouragan de catégorie deux, annonce le présentateur météo. Elle va bientôt passer en catégorie trois. »

Catégorie deux, catégorie trois, qu'est-ce que ça veut dire ? Sur la carte de la télévision, les tornades blanches ont grossi. La tempête se déplace dans le Golfe, se dirigeant droit sur le Mississippi et la Louisiane. Il y a un point sur la carte, ainsi que les mots NOUVELLE-ORLÉANS. Finalement, les formes ont plus d'importance que les couleurs.

Ils montrent des images de la Floride : on y voit un homme luttant contre le vent, des voitures abandonnées, des arbres en travers des routes.

« En Floride, plusieurs personnes sont portées disparues et les dégâts se comptent en millions de dollars. Quand Katrina était en catégorie un, elle avançait lentement, et causait plus de destructions que la moyenne. Elle est maintenant en catégorie deux, et sur le point de devenir trois fois plus puissante. Lorsqu'elle frappera à nouveau, les destructions seront incommensurables. »

« Incommensurable ». Ce mot ne me dit rien qui vaille. Il faut absolument que je cherche la définition. Mama Ya-Ya touche l'écran de la télé avec la paume de sa main, comme si elle pouvait arrêter la tempête.

Tous les ans, des ouragans touchent la Floride, le Texas et le Mississippi. J'ai déjà vu les dégâts que provoquent les tempêtes à La Nouvelle-Orléans : des inondations, des arbres sur la route, des toits emportés. Chaque année, tout le monde dit : « La saison des ouragans va être terrible », mais il n'en est rien. Katrina mourra avant d'atterrir. Elle a déjà ravagé la Floride, et montré à quel point elle était redoutable. Que veut-elle de plus ?

Selon Mama Ya-Ya, les ouragans sont les sautes d'humeur de Mère Nature.

— Les gens, eux, ne sont pas tout le temps d'humeur égale, alors pourquoi la nature le serait-elle ? Il y a toujours deux aspects à chaque chose. Le bien et le mal. Le silence et le bruit. Le calme et la tempête.

L'attitude de Mama Ya-Ya ce matin est préoccupante. Je sais qu'elle est vraiment inquiète parce qu'elle ne m'a pas préparé de petit déjeuner ni de café au lait et se balance de gauche à droite comme un arbre bercé par le vent. Non seulement la maison n'est pas remplie de la bonne odeur de nourriture, mais Mama Ya-Ya elle-même a oublié de mettre du Vicks VapoRub et son parfum Soir de Paris.

— Je vais à l'école.

— Oui, ma chérie.

Je me penche et caresse les oreilles de Spot. Il est allongé sur le tapis, la langue pendante.

— Veille sur elle.

En guise de réponse, il me lèche l'oreille. Je traverse le vestibule et la cuisine, puis, comme à mon habitude, sors par la porte de derrière.

— Salut, Lanesha.

La lumière filtrant à travers la moustiquaire forme des petits carrés sur le visage de TaShon.

— Je viens voir Spot.

Ce dernier, auquel rien n'échappe, accourt à la porte.

— TaShon, tu vas être en retard à l'école.

— Il n'y a pas école.

— Tu mens.

— Non, répond TaShon.

Il ouvre la porte et frotte son nez contre les poils de Spot.

— T'es mon bon chien.

— Tu devrais emmener ton bon chien chez toi, dis-je, agacée.

Je n'aime pas voir Spot lui faire la fête. De plus, TaShon, qui ne m'avait pas adressé la parole pendant des années, agit comme s'il était le bienvenu.

— Allez-vous-en tous les deux.

TaShon, l'air soudain désemparé, se laisse tomber à genoux. Même les oreilles du chien s'affaissent.

— Tu es sérieuse, Lanesha ? Tu sais bien que ma mère ne voudra pas que je le garde. Elle va dire que c'est une bouche de plus à nourrir. Elle appellera la SPA, le fera emprisonner. S'il te plaît, Lanesha. Tu dois le garder.

— Je plaisantais, dis-je, envahie par la culpabilité.

Le visage de TaShon s'illumine. Il se renverse en arrière en ébouriffant Spot. Je ne peux m'empêcher de sourire. Dehors, il fait chaud, le ciel est dégagé.

— Il y a forcément école.

Les samedis et les dimanches étaient déjà assez pénibles. Je me sens moins seule à l'école avec mes professeurs et mes livres.

– Non, il n'y a pas école.

– Je vais aller vérifier par moi-même.

– Le maire a dit qu'on devait quitter La Nouvelle-Orléans. Les gens font leur valise.

– Tu pars, toi ?

– Je ne sais pas, répond-il en haussant les épaules.

Puis il se met à grogner comme un chien et à jouer dans l'herbe avec Spot.

TaShon avait raison. Les cours ont été annulés et une foule de fantômes hantent les couloirs vides. D'habitude, ils se tiennent loin des élèves, trop bruyants pour eux. Mais l'alerte ouragan a fait fuir les gens, et les fantômes, qui remontent à l'époque où le lieu était un couvent, se promènent dans l'école. Ce sont surtout des nonnes, des sœurs de la Charité, ainsi qu'un prêtre ou deux. Vêtus de robes noires, ils ont l'air de glisser sur de la glace. Sœur Margaret me fait signe. Elle aussi aime l'école, et plus particulièrement le cours d'anglais, lorsque nous parlons littérature.

Les fantômes, déconcertés par le silence qui règne dans l'école, gardent la tête baissée. Je me mets à la recherche de Miss Johnson, mon professeur préféré.

Miss Johnson rassemble ses affaires. Dans la salle de classe vide, elle range des photos de sa famille, ainsi que les affiches en carton qu'elle a payées de sa poche : TOUT EST MATHÉMATIQUE ; AVEC LES CHIFFRES, RIEN N'EST IMPOSSIBLE ; DÉCOUVREZ X, LE GRAND INCONNU.

— Vous partez ?

Question stupide à laquelle je connais déjà la réponse.

— Oui, dès que j'ai fini de rassembler mes affaires. Ma famille a vécu Betsy. Je ne prends pas les ouragans à la légère.

Tout à coup, je fonds en larmes. Miss Johnson fait semblant de ne rien remarquer. Il y avait longtemps que je n'avais pas pleuré. Tout est allé si vite ces derniers jours : l'attitude inquiétante de Mama Ya-Ya, de nouvelles amitiés inattendues. Mais si Ginia et TaShon finissaient par me rejeter ? Et si la tempête arrivait ? Serions-nous contraintes de partir, Mama Ya-Ya et moi ? J'ai l'impression d'être face à un gigantesque et interminable puzzle.

— Je reviendrai, affirme Miss Johnson. Ça va aller, Lanesha ?

— Quoi ? je demande d'une voix légèrement éraillée.

— Tout va bien se passer. Lundi, nous serons de retour en classe. C'est comme un jour férié ou un long week-end surprise.

— Je ne veux pas de jour férié.

— Eh bien, moi, si. Je suis un peu fatiguée. L'école vient à peine de commencer mais un peu de congé ne me ferait pas de mal. Je vais voir ma famille à Baton Rouge.

Elle s'approche de moi.

— Ça ne t'ennuie pas que je me repose un peu ?

— Non, madame, je réponds, même si je sais qu'elle est bien trop jeune pour être fatiguée.

Je sèche mes larmes.

– Est-ce que ta famille va partir ?

Quelle famille ? Celle des beaux quartiers ou Mama Ya-Ya ?

– Tu devrais partir, juste au cas où, dit-elle en me regardant droit dans les yeux.

En observant son visage, je me rends soudain compte que Miss Johnson n'est pas tellement plus âgée que moi. Un jour, je pourrais être comme elle : une enseignante, une femme cultivée.

– J'aimerais être comme vous, je laisse échapper.

– Non, c'est impossible, répond-elle. Tu es toi, tu es Lanesha. Tu es bien plus intelligente et plus douée avec les chiffres que je ne l'étais à ton âge. Et tes projets de devenir ingénieure ?

– Je construirai des ponts comme le Golden Gate, le pont des Soupirs à Venise et le Tower Bridge à Londres, dis-je en souriant.

– Je vois que tu as bien étudié le sujet.

– Oui, madame. Dans l'encyclopédie, il y a des dizaines d'images de ponts et de canaux. À La Nouvelle-Orléans, on trouve le pont de Crescent City et le Huey P. Long.

— Et le pont Lanesha ? Tu pourrais construire un pont et lui donner ton nom.

Voilà pourquoi j'adore ma nouvelle école. Les professeurs m'inspirent constamment de nouvelles idées.

— Je lui donnerai votre nom, Evelyn. Le pont Evelyn.

— Je dois y aller, Lanesha. Fais attention à toi.

— Miss Johnson, vous pouvez me donner un problème sur lequel travailler ?

Miss Johnson sourit, elle a compris. Un problème m'empêchera de penser à l'ouragan. Elle me dévisage, puis ouvre son bureau et en sort un livre.

— Tiens, c'est l'édition des professeurs.

— Vraiment ? Vous pensez que je suis prête ?

— Carrément, répond Miss Johnson, essayant de paraître cool.

Elle me tend une copie neuve du livre de mathématiques de cinquième qui sent le neuf et l'encre fraîche.

— Ne triche pas, je te fais confiance. Il y a des tonnes de problèmes.

– Et je peux vérifier les réponses ?

– Oui. Commence du début. Lis attentivement, prends ton temps.

Je suis si heureuse ! Je caresse les pages lisses,
et vois des centaines de petits symboles.

– À lundi, Lanesha.

– À lundi, Miss Johnson.

Je regarde le livre, puis lève les yeux vers elle.

– Merci.

– Qui sait, dit-elle en se tournant vers ses
cartons, si la tempête empire, tu pourras peut-
être même finir le livre.

« Si la tempête empire... si la tempête
empire... » Ces mots résonnent dans ma tête
tandis que je me dirige vers la sortie.

Vendredi

Mama Ya-Ya ne veut toujours pas aller se coucher.

À présent, il y a des fantômes dans le salon. D'ordinaire, j'en vois un de temps à autre, mais ce soir la pièce est bondée. Il y a un homme maigre portant l'uniforme de l'armée confédérée, une petite fille avec des tresses et un pyjama rose… Vivaient-ils ici autrefois, dans la maison de Mama Ya-Ya ? Ou dans le quartier ?

TaShon a emmené Spot faire un tour. Dehors, Mama Ya-Ya interroge ses sens et se concentre sur les odeurs de sel marin, le souffle du vent chaud, le grondement de l'eau. Je me demande si elle peut goûter un ouragan. Quel goût aurait-il ? Celui d'une barbe à papa au poisson, froide et salée ?

À la télé, ils disent que le gouverneur a demandé au président de déclarer l'état d'urgence. La Garde nationale a été mobilisée. Le présentateur météo, à bout de souffle, affirme à présent que l'ouragan va toucher le Mississippi et la Louisiane. Je suis ANXIEUSE : *qui exprime l'anxiété.* Crainte de survenue d'un danger réel ou imaginaire. Je me sens d'autant plus angoissée que j'ai regardé dans mon dictionnaire de poche la définition du mot « incommensurable ».

INCOMMENSURABLE : *Si grand qu'on ne peut le mesurer ; qu'on a du mal à comprendre.*

En maths, j'ai appris que tout peut être mesuré : l'air, l'eau, le vent, le volume, la vitesse, la profondeur. Alors pourquoi pas un ouragan ? Ça y est, je l'ai dit. L'ouragan Katrina.

On voit des images de gens faisant la fête dans le Quartier français. Ils dansent, rient, jouent de la musique. Une journaliste en robe bleu marine avec de jolies boucles d'oreilles demande à un couple :

— Que pensez-vous de l'ouragan ?

— Pour l'instant, il fait très beau, répond l'homme en levant son verre, qui a l'air de contenir du granité à la fraise.

Puis lui et la femme se remettent à virevolter. Un autre reporter montre une famille de l'autre côté de la ville. Un père et son fils, roux tous les deux, rabattent des volets blancs sur leurs fenêtres. Puis le père parle au micro d'une voix bourrue :

— On ne bougera pas d'un pouce. J'ai survécu à de nombreux ouragans. Comme disent les boy-scouts, « toujours prêts ». Vous voyez, dit-il en désignant son garage, j'ai des litres d'eau, des boîtes de conserve, de l'essence, des bougies, des allumettes, une lampe torche. Derrière, il y a un groupe électrogène.

L'homme sourit, fier de lui. Puis il crie :

— Sean, viens dire bonjour.

Sean, un adolescent maigrichon, regarde droit vers la caméra et fait un signe de la main. On dirait que c'est à moi qu'il s'adresse.

Je me lève et sors. En général, la rue est calme

après 21 heures. Mais ce soir, des voisins empilent des valises dans leurs voitures, d'autres déchargent du bois. Je me souviens alors des cours d'éducation civique : le vent de la tempête brise les vitres. Les volets protègent efficacement les fenêtres, mais des planches de bois peuvent aussi faire l'affaire. Même si l'on quitte sa maison, ai-je lu, il est préférable de la barricader.

Mama Ya-ya est assise sur une marche du porche.

— Est-ce que tout va bien, Mama Ya-Ya ?

— Je cherche les papillons.

Je regarde autour de moi.

— Les papillons ne volent pas la nuit, si ?

Mama Ya-Ya ne répond pas. Elle est si belle, mais les cernes sous ses yeux indiquent qu'elle est fatiguée. J'ai eu beaucoup de chance qu'elle m'élève. Après tout ce temps, j'en viens parfois à oublier que nous ne sommes pas du même sang.

Dans le District Neuf, il y en a qui obtiennent la garde de leurs petits-enfants quand les parents meurent, disparaissent, vont en prison ou en cure de désintoxication. L'état leur verse une pension pour la nourriture et les frais médicaux. Mais Mama Ya-Ya n'étant pas une parente, elle n'est jamais allée devant un juge pour réclamer ma garde. Elle a eu peur qu'on ne la trouve trop âgée ; ou pire, qu'on ne m'envoie vivre chez ma famille qui ne veut pas de moi.

Même si les fins de mois sont parfois difficiles, j'ai toujours mangé à ma faim et dormi dans un bon lit chaud. Pour les grandes occasions, j'ai reçu en cadeau des cahiers, des livres d'occasion ou de nouveaux crayons à papier avec des gommes neuves, un dictionnaire de poche rouge, ou un assortiment de stylos brillants. «Tout n'est qu'amour», affirme Mama Ya-Ya, qui m'a tant aimée.

— Je vais retourner acheter de l'eau et des boîtes de conserve chez Mr Ng. Tu es d'accord ? On peut les mettre sur notre compte ?

Mama Ya-Ya me dévisage de ses yeux pleins de bonté.

— Bien sûr, ma chérie.

— Je ne serai pas longue.

Jusqu'à présent, Mama Ya-Ya avait toujours

tenu à ce que je ne sorte pas de la maison après 8 heures du soir, que je finisse mes devoirs et me prépare à aller au lit. Je saute des marches ; le bruit sec de mes tennis me rappelle Ginia. J'espère qu'elle va bien et qu'on pourra bientôt passer du temps ensemble. Je traverse la rue en courant. Le quartier est bien trop animé pour une heure aussi tardive. Personne ne fait attention à moi ; les adultes s'affairent comme des abeilles.

Lorsque j'arrive devant l'épicerie, il n'y aucun signe de Mr Ng. Bien que l'enseigne sur la porte indique : « Ouvert de 6 h à 23 h », il y a une pancarte « Fermé » sur la fenêtre. Pourtant, il n'est pas encore 22 heures. Je scrute l'intérieur de l'épicerie. Les lumières sont encore allumées, mais les étagères sont vides. Plus de céréales, de riz, d'eau et de lait. Plus rien, pas une seule conserve. Mr Ng et sa famille auraient-ils quitté La Nouvelle-Orléans ? Je retourne à la maison, en marchant cette fois. L'atmosphère est irréelle, on se croirait dans *Alice au pays des merveilles*. Un nuage blanc tourbillonnant sur l'écran a réussi à mettre mon quartier sens dessus dessous.

Samedi

Ce matin, au réveil, Mama Ya-Ya est debout près de mon lit. Je l'ai d'abord prise pour un fantôme, mais, n'entendant pas Spot aboyer, je me suis vite rassurée. Ses lunettes triple foyer posées sur la tête, Mama Ya-Ya m'observe avec attention. Depuis combien de temps me regarde-t-elle dormir ?

— Tout va bien, Mama Ya-Ya ?

— Je vais bien. Tu sais à quel point je t'aime ?

— Bien sûr.

Mama Ya-Ya ne me dit jamais qu'elle m'aime. Elle me le prouve au quotidien : quand elle m'offre un savon parfumé ou me prépare du gruau de maïs avec du beurre et du sucre, quand elle s'inquiète de savoir si j'ai terminé mes devoirs ou me propose de jouer aux cartes.

— J'ai été heureuse que ta maman me demande de l'aider à te mettre au monde, dit Mama Ya-Ya d'une voix éraillée. J'ai enterré ta membrane dans le jardin après avoir déposé des plantes et prié. Puis j'ai recueilli une goutte de sang et préparé un thé pour ta maman afin qu'elle reprenne des forces.

Mama Ya-Ya ne m'avait jamais révélé ces détails. Je brûle de lui demander : où as-tu enterré la membrane ? Sous le magnolia ? sous la fenêtre de ma chambre ? avec les fleurs ? Mais je me tais et écoute attentivement.

— Mon thé n'a pas marché parce que ta maman ne voulait pas qu'il marche. Les sorts, les charmes, les racines n'ont pas d'autres pouvoirs que ceux qu'on leur donne. Tous les guérisseurs et ceux qui ont foi en des croyances venues d'Afrique le savent. Parfois, je me dis que ta maman a choisi de te laisser avec moi. Elle savait que je t'aimerais comme ma propre enfant, et que cet amour me donnerait de la force.

Mais, en cet instant, Mama Ya-Ya ne semble plus si forte.

– Souviens-toi, Lanesha, dit-elle en pointant son doigt vers moi. Ne nourris pas la tempête. Elle prend et elle donne.

Puis, aidée de sa canne, elle s'en va d'un pas traînant.

La gorge serrée, je me dirige vers la fenêtre et sors la tête dehors. L'air est chaud et moite. On dirait une banale journée d'août.

Ne nourris pas la tempête.

La créature se nourrit déjà des eaux chaudes du Golfe, aspirant l'air moite, se transformant peu à peu en monstre. Un sentiment de révolte m'envahit. Comment une tempête ose-t-elle causer du souci à Mama Ya-Ya ? Me sentant impuissante, je saisis le manuel de maths des professeurs, un bloc-notes, un crayon à papier et une gomme. Au lit, sous les couvertures, je m'attaque au plus difficile des problèmes.

Dans l'après-midi, la télé diffuse un message d'URGENCE. Je suis assise sur le canapé à côté de Mama Ya-Ya. Les journalistes en studio et les envoyés spéciaux ne cessent de répéter les mêmes mots. « Urgence. » « Le maire va s'exprimer. » Puis, quand le maire apparaît, c'est le silence. Il s'adresse à la caméra et, sans détour, demande aux habitants de partir.

— Il faut quitter La Nouvelle-Orléans, immédiatement. Ceci est une évacuation obligatoire. Obligatoire.

Mama Ya-Ya se mord les lèvres et secoue la tête.

— Comment cela peut-il être obligatoire alors que je n'ai aucun moyen de partir ? marmonne-t-elle.

Soudain, je suis saisie d'une brusque envie de m'enfuir à toutes jambes. Nerveuse, je me lève et sors. Ma rue est méconnaissable. L'agitation des voisins est à son comble. Devant la maison de Mrs Watson, il y a trois voitures remplies de cartons et des valises sur le toit.

— Dépêche-toi, maman ! crie Ernie, le fils de Mrs Watson.

— Je ne sais pas quoi emmener.

— Ce n'est pas grave. On reviendra, viens maintenant.

Lorsqu'elle m'aperçoit, Mrs Watson se précipite dans les escaliers.

— Lanesha, nous allons à Baton Rouge. Toi et Mama Ya-Ya, vous venez aussi.

— Maman, il n'y a pas assez de place, proteste Ernie.

La femme d'Ernie tient un bébé contre elle. Les trois autres enfants de Mrs Watson sont là eux aussi avec leur propre famille. Le voyage en voiture promet d'être pénible. Une chance que Mr Watson soit un fantôme. Il se tient derrière Mrs Watson et tente de la réconforter, mais, trop occupée à s'inquiéter pour moi, elle ne perçoit pas sa présence.

Avec un peu d'effort, la plupart des gens pourraient sentir les fantômes. Mais, par peur, ils préfèrent se voiler la face. Les gens ordinaires ne connaissent rien à la magie.

— Allez-y, Mrs Watson. Ma famille va venir nous chercher, Mama Ya-Ya et moi.

— C'est vrai ? demande Mrs Watson, soulagée.

— Je savais qu'un jour ta famille reviendrait à la raison, dit Ernie en épongeant son front en sueur.

— C'est vrai, je réponds en partant.

Je lève la main en guise d'au revoir mais ne regarde pas en arrière. J'ai honte d'avoir menti : personne ne va venir nous chercher. Pourtant, mes parents des beaux quartiers auraient au moins pu aider Mama Ya-Ya, ils lui devaient bien ça. En fait, Mama Ya-Ya est comme moi, une orpheline. Nous n'avons aucune autre famille. J'essuie les larmes sur mon visage. Tout ira bien, nous pouvons parfaitement nous débrouiller seules.

Je passe devant la maison de Rudy et de Rodriguez.

— Mojitos, me crie Rudy en levant son verre.

— Elle est trop jeune, le rabroue Rodriguez en lui donnant une tape.

— Vous partez ?

— Non, me répond Rudy. Un mojito, c'est le cocktail idéal pour surmonter une tempête. Une boisson tropicale pour un temps tropical.

Ainsi, nous ne serons pas seules à rester dans le quartier. Quel soulagement ! De toute façon, ni Mama Ya-Ya ni moi ne savons conduire. Nous ne possédons pas de voiture. Et nous n'avons pas d'argent pour aller où que ce soit. Le chèque de la retraite n'arrivera que le 1er septembre.

Je m'aventure jusqu'au bout de la rue. Tante Ernestine, c'est ainsi que tout le monde l'appelle, décortique des haricots sous son porche. Derrière elle, deux enfants, Donelle et Faith, jouent aux osselets. Elle a un chat calico qui vient parfois vivre avec eux. Tante Ernestine élève les cinq enfants de sa sœur. Le plus grand a neuf ans. Chaque dimanche, avant d'aller à l'église, elle les lave, les habille et les enduit de vaseline pour éviter qu'ils ne soient « cendrés ». Ils marchent toujours en rang d'oignons, du plus âgé au plus jeune, tandis qu'Ernestine porte le bébé dans ses bras. Iront-ils à l'église demain ? Je lui fais signe.

– Aie confiance en le Seigneur, me dit-elle en souriant.

Je pense que Tante Ernestine n'a pas non

plus les moyens de fuir. Ou bien elle n'est pas effrayée, comme Rudy et Rodriguez.

– Oui, madame.

Puis je fais demi-tour et continue de redescendre la rue.

– TaShon !

Il court vers moi, l'air soucieux.

– Tu veilleras sur Spot ?

Le père de TaShon, assis sur une moto à piteuse allure, crie à son fils de le rejoindre.

– Tu veilleras sur Spot ? demande-t-il en me prenant la main. Promets-le. C'est mon bon chien.

– Ton seul chien !

Puis, à ma grande surprise, TaShon me serre dans ses bras.

– Tu es ma meilleure amie.

Je lui rends son étreinte. Son père lève les yeux au ciel et pousse un juron.

– Où vas-tu ?

– Au Superdome. Le maire a dit qu'il ouvrirait demain matin. Mon père veut commencer à faire la queue dès ce soir.

Je ne me voyais pas attendre toute la nuit pour dormir dans un lieu où l'on joue au football et où s'agitent des pom-pom girls. TaShon me serre si fort que je peux à peine respirer. Nous sommes deux solitaires qui formons une famille. Je le serre une fois de plus dans mes bras, de toutes mes forces. Il me regarde droit dans les yeux. Pour la première fois, son regard n'est pas lointain.

– Je veillerai sur Spot.

– Tu le jures ?

– TaShon, appelle son père. Il faut y aller, ta maman nous attend.

– Je le jure.

TaShon est peut-être un solitaire, mais lui a un papa et une maman qui prennent soin lui.

– Lanesha, Ginia te cherchait toute à l'heure.

– Ah bon ?

– Oui. Elle a frappé chez toi, mais il n'y avait personne.

Mon cœur bat à tout rompre.

– Elle m'a dit de te dire « à bientôt ».

– C'est vrai ? dis-je stupidement, car je savais que TaShon ne me mentait pas.

— TaShon !

— Je dois y aller.

Il court et monte sur la moto, enveloppant de ses bras la taille de son père.

— TaShon ! Ginia va au Superdome ?

Il tourne la tête, met ses mains en porte-voix.

— Elle a dit qu'elle y allait, répond-il par-dessus le grondement de la moto.

Je lui fais de grands signes. Je protégerai Spot jusqu'à la mort s'il le faut et, après la tempête, Ginia et moi serons amies. Je regarde TaShon et son père s'éloigner. Retourne-toi, TaShon. Je ne quitte pas des yeux sa tête qui se balance. De la fumée s'élève de la moto. Retourne-toi. La vie réserve bien des surprises. Hier encore, TaShon était pour moi le garçon étrange et solitaire de l'école. À présent, j'ai l'impression de le connaître depuis toujours. Ce qui est vrai, d'une certaine manière. Je sais qu'il protège les chiens, qu'il me fait suffisamment confiance pour me confier Spot, et que, quelque part, il sait que cela m'importe que Ginia soit venue me chercher.

Je vois les signes à présent.

Ça y est, TaShon tourne la tête. Il me regarde en souriant. Tout excitée, je saute sur place. Puis lui et son père disparaissent, filant au loin.

Je me trouve au beau milieu de la rue. Des deux côtés, les gens chargent leur voiture, clouent des planches de bois sur leurs fenêtres, ou se tiennent sous leur porche, assis, à jouer de la musique, à boire de l'alcool comme si c'était mardi gras.

Personne ne fait attention à moi.

Je rentre en courant, l'esprit léger et apaisé. TaShon a veillé sur moi. Je prendrai donc soin de lui. Et de Spot. Quand je reverrai Ginia, je lui offrirai un de mes dessins de ponts. Je sens qu'elle l'aimera.

Toujours samedi

Le soir venu, le salon est envahi de ponts que j'ai passé l'après-midi entier à dessiner. Ils me procurent un sentiment de sécurité, comme si ce jour n'était qu'un samedi comme les autres. Le soleil couchant fait scintiller mes croquis, et je m'imagine traverser ces ponts, un par un.

— Je ne comprends pas, dit Mama Ya-Ya en frappant le sol de sa canne. J'ai senti l'air, touché la terre, scruté le ciel et tendu l'oreille. Les signes me disent que l'ouragan sera terrible mais que tout ira bien. Cependant, je ne suis pas sereine. Dans mes rêves, je vois un grand linceul noir, Lanesha. Je ne comprends pas. Il faut que tu interroges tes fantômes.

— Quoi ?

— Je sais que tu peux les voir.

— Toi aussi, tu peux les voir.

— C'est vrai, mais ça me demande beaucoup d'effort. Toi, tu as un don. Ils te répondent ; tu fais presque partie des leurs, tu es un pont entre deux mondes. Essaie, ma chérie. Je suis inquiète. Il va se passer quelque chose, et il ne s'agit pas seulement d'un ouragan.

C'est la première fois que Mama Ya-Ya me demande mon aide en ce qui concerne les fantômes. D'habitude, elle me conseille de les ignorer :

— Ils font partie des meubles. Ne fais pas attention à eux. (Selon elle, si on commence à leur parler, on ne peut plus s'arrêter.) Parler aux fantômes n'est pas une mauvaise chose, sauf si tu aspires à une vie normale ici-bas.

« Normale » ? Si j'étais normale, je ne vivrais pas avec Mama Ya-Ya mais avec un père, une mère, et mon propre chien.

Troublée par la requête de Mama Ya-Ya, je pèse le pour et le contre. Blotties dans les bras l'une de l'autre, nous regardons la télé en silence. L'humidité augmente, l'atmosphère devient suffocante. À présent, les tourbillons blancs envahissent presque entièrement la carte du présentateur météo. Chaque minute qui passe apporte son lot de nouvelles informations et d'images furtives sur la tempête qui approche.

— Les autoroutes sont saturées, annonce un journaliste. Quand l'essence vient à manquer, les gens abandonnent leur voiture et marchent. Regardez cette famille faire du stop. Des milliers de personnes tentent de fuir La Nouvelle-Orléans. Bien que l'évacuation soit obligatoire, le maire a ouvert le Superdome pour ceux qui n'ont pas les moyens de partir.

Je m'approche de l'écran pour tenter d'apercevoir TaShon ou Ginia dans la foule. Sur une autre image, on voit un vieil homme quasiment édenté devant son jardin qui s'époumone dans le micro :

— Et où j'irais, hein ? C'est ici, chez moi. Si je vais au Superdome, qui va surveiller ma maison ?

Derrière lui, on aperçoit un groupe de jeunes garçons sautant et criant pour essayer de passer à la télé. J'ai l'impression d'assister à un véritable chaos. Mama Ya-Ya semble terrorisée : ses cheveux, qu'elle n'a toujours pas coiffés, sont dressés sur sa tête. Nerveuse, je balaie la pièce du regard afin de me détendre. Nous avons tout préparé : nourriture, eau, lampes torches. On a même rangé les meubles du porche dans la remise. Et comme toujours, en cas d'urgence, si Mama Ya-Ya et moi étions séparées, je sais que je dois me rendre à l'église baptiste missionnaire. Pour autant, toutes ces précautions ne suffisent pas à calmer mon angoisse.

– Tu veux que j'aille chercher ton médicament pour la tension ? je lui demande tout doucement.

– Non, ça va.

Elle se lève et s'installe dans son fauteuil à bascule, les yeux rivés sur l'écran de télévision.

– Non, ça ne va pas.

Elle fouille dans la poche de sa robe et ouvre sa boîte de médicaments.

— Passe-moi l'eau, ma chérie.

Je lui tends un verre et la regarde avaler la pilule. Elle paraît plus vieille que jamais.

— Mes rêves disent que la ville devrait s'en sortir. Puis ils disent qu'elle ne s'en sortira pas. C'est à n'y rien comprendre.

Je sais qu'elle meurt d'envie de me dire : «Demande à tes fantômes, Lanesha.» Mais elle ne le fait pas.

Dans le salon, le canapé est recouvert de plastique. Mes yeux s'attardent sur la desserte où sont posés de petits anges noirs ébréchés ou décolorés que Mama Ya-Ya possède depuis sa plus tendre enfance. Sur le mur et la table basse, il y a des photos de Mama Ya-Ya, du temps où elle était jeune et belle. Elle et le caporal Charles, un jeune homme maigre avec un grand sourire et des yeux noirs de velours, se tiennent la main sur l'un des clichés.

Il est mort pendant la Seconde Guerre mondiale. Ils n'ont pas eu le temps de se marier ni d'avoir des enfants. Après ce triste événement, la jeune fille sur la photo a abandonné son prénom,

Delores, pour devenir Mama Ya-Ya, la sage-femme, la guérisseuse.

— Je ne vois aucun fantôme pour l'instant. Peut-être qu'eux aussi sont allés au Superdome.

— Et ta maman ?

Bouche bée, je réalise à quel point Mama Ya-Ya est inquiète. Elle m'a toujours dit que parler à ma mère ne m'apporterait que regret et chagrin.

— Fais-le, mon enfant, je ne te le demanderais pas si ce n'était pas important. À mon âge, je croyais avoir tout vu. Mais là, je suis perdue. Les rêves disent que La Nouvelle-Orléans sera debout après l'ouragan, et pourtant les rues sont inondées de tristesse. Je ne sais pas si je dois t'envoyer loin du danger. Tu devrais aller voir les Watson, peut-être pourrais-tu partir avec eux ?

— Je n'irai nulle part sans toi.

— Si seulement nous avions une voiture, et un peu plus d'argent...

« Si seulement ma famille des beaux quartiers était là... », me dis-je.

— Katrina va être terrible, mais elle ne peut

pas être pire que la pire des tempêtes. Ce n'est pas l'ouragan qui me tracasse, c'est autre chose. Mais je n'arrive pas à savoir quoi.

Cette maison est mon seul foyer. La radio est allumée, le son de la télé au maximum. Mama Ya-Ya est dans tous ses états.

– Viens, Spot, dis-je en soupirant.

Si je dois le faire, autant de ne pas être seule.

Je monte les escaliers.

J'espère qu'elle n'est pas là et qu'elle a fui la tempête. La chambre de Mama Ya-Ya est plongée dans la pénombre. Le vent fait doucement vibrer les fenêtres. J'allume la lumière. Ma mère est allongée sur le lit, à moitié transparente et légère comme une plume. Elle n'est pas faite de chair comme moi. Spot s'approche du lit.

– Spot.

Mais cet idiot de chien renifle à en perdre l'odorat et se dirige droit sur le visage de ma mère, dont les yeux sont grands ouverts.

– Maman.

En douze années, je n'ai presque jamais prononcé son nom. Je ne l'ai jamais dit à Mama Ya-Ya mais, quand j'étais toute petite, j'essayais de communiquer avec elle. Je rampais sur le lit et m'efforçais d'attirer son attention. En maternelle, je rapportais des peintures de mes mains teintes en bleu et marron. En CE1, je lui ai montré comment jouer de la flûte avec une bouteille de verre vide. Je lui posais des questions sur mon père.

Parfois, j'enrageais de ses silences. Elle se mettait à pleurer. Au bout d'un certain temps, je l'ai laissée tranquille.

— Maman ?

Elle tend la main vers Spot, comme pour le caresser. Spot s'assoit et la dévisage.

— Maman ?

Elle me ressemble tellement que j'en suis ébahie. C'est la première fois que je remarque notre ressemblance, moi à douze ans, et elle à dix-sept. Cinq ans seulement nous séparent maintenant. J'ai grandi, tandis qu'elle reste la même. Elle est morte si jeune… À cause de moi. Face à son silence, je m'apprête à tourner les talons. Puis je me rappelle que Mama Ya-Ya ne m'avait jamais rien demandé d'aussi important.

— Est-ce que la tempête va être violente ?

Ma mère ne réagit pas. Son regard est aussi vide que celui des autres fantômes.

— Dis-moi, s'il te plaît. Mama Ya-Ya a peur. Tu te rappelles d'elle ? Tu te trouves dans son lit. Elle t'a aidée à accoucher.

Je n'aurais peut-être pas dû lui rappeler ce mauvais souvenir.

— Excuse-moi, je ne veux pas t'embêter. Dis-moi seulement si la tempête sera violente ou pas.

Spot se lève et sort. Même lui peut voir que c'est peine perdue.

— Je t'en prie, réponds. Si tu ne peux pas parler, fais-moi au moins un signe.

Je me trouve tout près du lit. Si ma mère portait du parfum, j'aurais pu le sentir. Mais il n'y a pas d'odeur, pas un souffle de vie autour de son corps. Rien dans son regard n'indique qu'elle me reconnaît.

— Je t'en prie, dis-je, gênée de supplier.

Le fantôme de ma mère s'évanouit peu à peu.

Déçue et désemparée, je me sens plus orpheline
que jamais.

Je descends. Mama Ya-Ya semble avoir oublié
la mission qu'elle m'a confiée. Installée dans son
fauteuil, elle regarde toujours la télévision. Sans
le son, les images de la tornade qui traverse
les eaux bleues et se rapproche des côtes de
La Nouvelle-Orléans paraissent encore plus
effrayantes.

Dimanche

« ÉVACUEZ », affichent les gros titres du journal. « Évacuez », répètent en chœur les journalistes à la télé, beaucoup moins pimpants que la veille. Ils semblent exténués et légèrement apeurés. Le présentateur météo, en sueur, ne porte plus de cravate ni de veste et a relevé les manches de sa chemise. La caméra fait un gros plan sur son visage. « Évacuez », ordonne-t-il.

Cette nuit, Mama Ya-Ya a dormi dans son fauteuil préféré. Je la couvre avec le châle crocheté du canapé. Je m'apprête à éteindre la télé, puis me ravise. Trop de silence pourrait la réveiller. Désœuvrée, je déambule dans la maison. C'est dimanche, et pas d'odeurs de gaufres, de pancakes à la cannelle, ou de bacon. De toute façon, je n'ai pas faim.

En temps normal, on entendrait siffler la bouilloire dans la cuisine. Mama Ya–Ya et moi serions à table, à discuter comme des pipelettes. Elle me parlerait de signes, m'apprendrait que les corbeaux noirs sont des oiseaux de liberté, symboles des esclaves retournant en Afrique, que cuisiner des doliques à œil noir et des légumes nous rendra riches l'année prochaine. Elle me dirait qu'elle m'a aimée à la seconde où elle a posé les yeux sur moi.

— Tu étais spéciale, je le savais.

Spot s'approche de moi, et pousse ma main avec sa tête. Je le caresse et lui gratte les oreilles.

— Tu as besoin d'aller faire un tour ? lui dis-je, ravie d'avoir une occupation.

Dehors, le soleil est à son zénith. Spot se précipite vers son arbre préféré pour se soulager. Visiblement heureux, il renifle chaque coin de terre et chaque arbre, remuant sa queue à toute vitesse.

Hier, quelques voisins sont venus pour connaître les intentions de Mama Ya-Ya, persuadés que ses pouvoirs lui donnent une connaissance spéciale de la tempête.

— On reste ici, ai-je répondu, ce qui avait semblé les rassurer.

Je leur ai caché les doutes de Mama Ya-Ya.

Assise sur les marches du porche, j'observe le quartier silencieux qui semble retenir son souffle à l'approche de l'ouragan. J'aimerais tant voir Mary et Keisha sauter à la corde, les hommes se pencher sous le capot d'une voiture, parler pistons et bougies d'allumage, Miss Leila démêler les nœuds dans les cheveux de sa fille et envoyer des baisers à ses garçons. Mais il n'y a personne. « C'est le calme avant la tempête », je suppose. Même si Katrina est toujours dans le Golfe, elle se rapproche de plus en plus.

Cependant, tout n'est pas silencieux. On peut entendre les oiseaux voler, formant un V dans le ciel, ainsi que le sifflement de l'air, bas et profond. Les voisins ont fini de clouer des planches de bois à leurs fenêtres et de placer des sacs de sable devant leur porte d'entrée. En cet instant, le «calme avant la tempête» signifie pour moi une solitude étrangement irréelle.

Certes, Mama Ya-Ya a affirmé que l'ouragan n'était pas le problème, mais il n'empêche que je suis terrifiée.

— Malgré ta capacité à voir plus de choses que la plupart des gens, je te garantis que la vie t'apportera néanmoins son lot de surprises, Lanesha, m'a toujours dit Mama Ya-Ya.

Dommage que mon don ne me permette pas de prédire l'avenir. J'ai beau fixer le ciel, je n'y vois aucun signe de la tempête. Je siffle Spot, qui arrive vers moi en trottant. Ses grosses pattes touffues indiquent qu'il va devenir un chien massif. Je le serre dans mes bras, puis plonge mon regard dans le sien.

— Que vois-tu?

Les pointes d'oreilles dressées, il s'assoit à mes côtés sous le porche. Anxieuse, j'observe mes voisins se préparer à la tempête. Quand elle frappera ce soir, nous serons tous barricadés dans nos maisons. Ont-ils peur eux aussi d'être blessés ou de manquer de nourriture ? Que le vent souffle nos maisons, comme le grand méchant loup ?

En dehors des provisions, Mama Ya-Ya et moi ne nous sommes pas vraiment organisées. Est-ce que l'expression : « Mieux vaut prévenir que guérir » marche aussi pour les ouragans ? Si je me prépare au pire, peut-être qu'il n'y aura pas d'ouragan. D'ailleurs, c'est ce que font les adultes et je ne peux plus me permettre d'être une petite fille. Depuis ses cauchemars, Mama Ya-Ya ressemble à une enfant. Elle a besoin de moi, elle qui s'est occupée de tant de personnes, probablement des centaines, des milliers, avec des herbes, des potions pour l'arthrite, la fièvre. Elle a mis au monde des bébés et, plus tard, les bébés de ces bébés. Et puis, il y a moi : 365 jours × 12 ans = 4 380 jours qu'elle s'occupe de moi. « Tout n'est qu'amour », affirme Mama Ya-Ya.

Il faut que je me décide. Se tenir prête ou attendre passivement ? Se tenir prête. C'est le

moment de grandir et d'agir, pour moi, Mama
Ya-Ya et Spot.

Je ferme toutes les fenêtres et vais chercher des
planches et des clous dans la remise. Je donne des
coups de marteau jusqu'à en avoir mal aux bras.
Les planches, en mauvais état, sont fixées de travers ; au premier étage, les fenêtres sont bouchées
de l'intérieur plutôt que de l'extérieur, ce qui est
toujours mieux que rien. Je prépare des haricots
et du riz et rôtis un poulet comme Mama Ya-Ya
me l'a appris. Si l'électricité vient à être coupée,
le poulet se gardera à température ambiante pendant environ deux jours. Ce sera notre repas du
dimanche. Ma cuisine n'est pas aussi bonne que
celle de Mama Ya-Ya, mais tant pis.

Je me rappelle qu'il y a une glacière dans le
garde-manger. Elle nous permettra de conserver
les aliments au frais. Je la rince et la remplis de
glaçons du congélateur. J'y dépose un litre de lait
et du jus d'orange, ainsi que le poulet. Tout excitée, j'attrape les carottes, le fromage mais je laisse
le brocoli. Derrière la margarine, j'aperçois un

bocal de compote de pommes. Ce sera parfait pour le dessert. On toque à la porte de derrière.

— Tout va bien, Mama Ya-Ya ?

J'ouvre la porte au pasteur Williams.

— Elle va bien. Entrez, je vous en prie.

Mama Ya-Ya souhaiterait que je garde mes bonnes manières.

— Lanesha, c'est ça ?

— Oui, monsieur.

— On offre de l'aide à l'église.

— Merci, mais nous avons tout ce qu'il nous faut ici, pasteur Williams.

Mama Ya-Ya n'est pas opposée à Dieu ou à l'Église. Elle vénère une multitude de dieux, une croyance qui remonte aux esclaves africains. Selon elle, les dieux sont partout, dans le monde entier ; par conséquent, chaque lieu est sacré.

Le pasteur me regarde d'un air intrigué.

— J'ai prié pour que Delores vienne te faire baptiser, sans succès. Elle n'est jamais venue.

— Non, monsieur, je réponds, étonnée de l'entendre appeler Mama Ya-Ya Delores.

— Delores et moi nous connaissons depuis

longtemps. Nous avons fréquenté la même école quand nous avions ton âge. Est-ce qu'elle va bien ?

— Oui, monsieur. Elle se repose à l'étage.

Il cligne des yeux tel un vieux hibou.

— Vous avez tout ce qu'il faut ? De la nourriture ? De l'eau ?

— Oui, monsieur. On peut tenir quelques jours.

— Très bien. Dis à Delores que vous êtes les bienvenues à l'église.

— Je lui dirai, mais je ne pense pas qu'elle viendra.

— Je ne pense pas non plus. Elle garde la foi à sa manière. Mais c'est mon devoir de vous le dire. N'hésitez pas à venir si le cœur vous en dit, ou si la tempête s'aggrave et que vous vous sentez dépassées par les événements.

— Merci.

Le pasteur Williams s'apprête à partir mais il se ravise. Il a l'air d'hésiter à me dire quelque chose.

— Moi aussi, j'ai connu ta mère, finit-il par dire. C'était une jeune fille adorable. Elle te désirait très fort.

— Allait-elle à votre église ?

— Non. Mais elle est venue me voir une fois. Un peu avant que tu ne viennes au monde. Elle a dit qu'elle aimait la sérénité de mon église.

Je l'écoute, pétrifiée.

— Elle n'était pas très bavarde, dit le pasteur en souriant. Elle m'a dit aimer le calme, alors je me suis simplement assis à côté d'elle. J'ai prié. Quelques nuits après, tu étais née. Mama Ya-Ya m'a laissé l'enterrer. Tu as déjà vu sa tombe ?

Je secoue la tête. Je ne lui dis pas que son fantôme est à l'étage.

— Si un jour tu veux y aller, fais-le-moi savoir. Je vous emmènerai, toi et Mama Ya-Ya, pour vous y recueillir.

Il ouvre la porte et descend les escaliers.

— Où ? demandé-je, la main sur la porte.

— Au cimetière Saint Louis, numéro 2. Ils ont une section réservée aux indigents.

Il est 15 heures. Selon la météo, l'ouragan arrivera ce soir.

Toujours dimanche

Je réunis bougies, allumettes, lampes torches et mets le tout dans une boîte dans la chambre de Mama Ya-Ya. J'y range également des couvertures supplémentaires.

Mama Ya-Ya n'a pas quitté son lit de la journée. Je crois qu'elle essaie de rêver pour résoudre l'énigme de la tempête. Elle a une mine effroyable et porte la même robe à fleurs depuis deux jours.

– Le pasteur Williams est passé, dit-elle. Je le savais, il vient toujours quand il y a des problèmes.

Prenant mon courage à deux mains, je demande :

– Pourquoi n'est-on jamais allées voir la tombe de maman ?

– Pas besoin. Tu la vois ici tous les jours.

Devant mon air triste, Mama Ya-Ya tapote son lit.

– Viens par ici, mon trésor.

Je m'assieds sur le bord du lit et respire profondément son odeur.

– Tu sais que la terre ne garde pas les morts.

– Oui.

– Viens dans mes bras.

Je m'allonge à ses côtés et Mama Ya-Ya me fait un câlin. Spot pose ses pattes sur nos jambes.

– Ta maman t'aime à tel point qu'elle n'est jamais partie.

– Mais elle n'est pas en paix.

– Non. Elle essaie encore de te mettre au monde, elle veut être certaine que tu peux survivre par toi-même.

– Je ne comprends pas.

– Tu comprendras plus tard.

Mama Ya-Ya me serre fort. Je me redresse sur les coudes et la dévisage intensément.

— Toi, tu sais quelque chose, lui dis-je.

— Oui, c'est vrai. Mais ce n'est pas à moi de te le révéler. C'est à toi de trouver.

Agacée, je me lève. Le soleil est bas dans le ciel. Je ferme les yeux. Je sens une humidité moite, pourrie et salée. Katrina approche.

Mama Ya-Ya est épuisée. Je descends lui préparer un lait chaud. Je réchauffe également de l'eau que je verse dans deux bouillottes, les mets dans le lit de Mama Ya-Ya et retape les couvertures. Je sers à Spot des abats de poulet puis ferme à clé la porte de derrière et place une chaise contre la serrure. La cuisine est propre, silencieuse, et le frigo est rempli de nourriture et d'eau. L'espace d'un instant, je me sens fière. Tandis que Mama Ya-Ya est encore là-haut à essayer de rêver, j'ai pris les choses en main. Notre maison est prête pour Katrina.

Dehors, le ciel est orange et mauve, à présent. Le crépuscule approche. Des voisins font griller du bœuf et du porc. On dirait que tout le monde est dehors. Les odeurs sont alléchantes : noix de pécan, cassonade, citron vert. Le quartier est en fête. Rudy me fait signe. Il porte une toque de cuisinier et s'affaire au-dessus du barbecue de Mrs Palmer.

— Ce serait idiot de gâcher la viande si l'électricité nous lâche.

— Vous voulez des côtes de porc, toi et Mama Ya-Ya ? me crie Mrs Palmer.

— Oui, je veux bien.

— Je viendrai les apporter.

— Avec une salade de pommes de terre, ajoute Mr Palmer depuis sa chaise roulante.

— J'ai fait des hot dogs. Tu en veux un ou deux ? me demande Monique.

— Deux.

Un pour moi et un pour Spot.

À cet instant, je voudrais serrer dans mes bras le quartier tout entier.

— Et si on mettait de la salsa ? lance Rudy.

— Les Neville Brothers, réplique Ernestine.

— Du blues, renchérit Monique.

Je rentre et transporte la télé dans la chambre de Mama Ya-Ya. Une chance qu'elle soit légère !

Tout en faisant les branchements, je raconte à Mama Ya-Ya la fête des voisins.

— Ce soir, nous aurons de bonnes choses à manger. Mrs Palmer a grillé des côtes de porc. Tu vois, ce n'est pas si terrible. Tout ira bien ce soir.

Je raconte en détail à Mama Ya-Ya la nourriture, la musique et la bonne humeur des voisins. Je mentionne également les tourbillons mauve et orange dans le ciel, mais Mama Ya-Ya, fatiguée ou plongée dans ses rêves, répond à peine.

Je me fais couler un bain en y versant de la mousse à la cerise, cadeau de Noël de Mama Ya-Ya que j'avais décidé de garder pour une occasion spéciale. Quoi de plus spécial qu'un ouragan ? Selon Mama Ya-Ya, les cerises sont signe de chance et d'un bon caractère.

— Comme toi, Lanesha.

Après le bain, je n'ai qu'une envie, me pelotonner sous les couvertures et m'endormir paisiblement. Mais je n'en fais rien.

Je prends les livres d'école, mes crayons à papier, mon stylo mauve, et les emporte dans la chambre de Mama Ya-Ya. Je suis presque prête pour la nuit.

— Spot, tu as besoin d'aller faire un tour ?

Il saute du lit. Mama Ya-Ya bouge dans son sommeil tandis que Spot et moi nous allons dehors.

À l'horizon, je vois les ténèbres qui se déploient telle une chaude couverture. Le vent s'est levé. Il soulève les feuilles et balance doucement les branches. Devant la porte, il y a des assiettes couvertes garnies de hot dogs, de côtes de porc et de salade de pommes de terre. Les voisins ont partagé leur repas. C'est donc ensemble que nous affrontons cette tempête.

Le quartier ressemble à une ville fantôme. La rue est plongée dans l'obscurité car les planches de bois et les volets cachent la lumière. Il n'y a pas de voitures, pas de voisin assis sous son porche, personne qui promène son chien. On ne peut même pas apercevoir le chat calico de Tante

Ernestine, celui qui n'avait pas de nom. Ils sont tous barricadés, dans l'attente. Cependant, à mon grand effarement, je vois davantage de fantômes que je n'en ai vu dans toute ma vie. Les fantômes errent. Ils sont là, à se promener sans but précis, et leur présence semble annoncer un mauvais présage. Je n'ai aucune envie de m'adresser à eux, mais je dois franchir le pas afin de résoudre l'énigme des rêves de Mama Ya-Ya. J'interroge le fantôme de Mr Watson.

– Est-ce que l'ouragan va être terrible ?

– Non, gémit-il.

Une petite fille fantôme saute à la corde, un garçon fait du vélo. Tous deux me sourient. Après tout, ils ne représentent peut-être pas un mauvais présage. Ils sont comme les vivants : ils ont besoin d'un lieu pour affronter la tempête. Je ramasse les plats déposés par les voisins. Spot se lèche les babines, prêt à dîner. Je me rends compte que je suis affamée, moi aussi. Je ferme la porte à double tour et remonte à l'étage.

Tout ira bien pour Mama Ya-Ya et pour le quartier.

19 heures.

Mama Ya-Ya sourit faiblement et s'assied avec difficulté contre une pile de coussins. Je lui donne une cuillère de salade de pommes de terre tandis que Spot engloutit son hot dog.

– Allume la télé, Lanesha. Je n'ai rien pu voir dans mes rêves. Passe-moi mes lunettes, mon cœur. Voyons ce que dit la météo au sujet de la tempête.

À contrecœur, j'obéis. L'écran s'allume, et nous retrouvons le présentateur en sueur. Je m'installe près de Mama Ya-Ya, un coussin derrière le dos. Au pied du lit, Spot est allongé, le ventre à l'air. Si on avait regardé Oprah, on se serait bien amusées.

– Katrina se dirige droit sur La Nouvelle-Orléans. Si vous n'avez pas encore fui, dépêchez-vous. L'ouragan va être terrible, peut-être dévastateur.

Je vais à la fenêtre et jette un coup d'œil à travers les planches de bois. Le soleil s'est couché, la lune est jaune, le vent siffle.

– Elle arrive, affirme Mama Ya-Ya.

Terrorisée, je m'efforce pourtant de ne pas céder à la panique. Nous allons survivre à cet ouragan, les fantômes me l'ont affirmé.

J'ai dû m'assoupir car, à mon réveil, Mama Ya-Ya dort profondément, les mains au-dessus de la tête. La lampe sur la table de nuit éclaire la pièce et lui donne un aspect irréel. Il n'y a pas un bruit. On n'entend même pas les souris, ni les gros cafards qui sortent une fois les lumières éteintes. Rien qu'un silence de mort. Pas de fête, de bagarre, de rire, de chant. Pas un éclat de voix provenant des maisons voisines. Rien. Mère Nature semble avoir tout aspiré : les sons, le vent, les mots et les cris. C'est le vide total. Vais-je être aspirée, moi aussi ? Mais le silence est de courte durée.

Bam ! Une violente rafale, accompagnée d'un mugissement assourdissant, s'abat sur la maison. Mama Ya-Ya se redresse d'un coup. On dirait la fin du monde. La nature se déchaîne, évoquant tout à la fois les explosions et les cris du film sur le Débarquement que nous a montré Mr Gregg en cours d'histoire, mais aussi un troupeau d'éléphants, une échappée d'hyènes ricanantes, une ruée de tous les animaux de la jungle. Crépitant, gémissant, martelant, le vent hurle comme des Furies, comme des sirènes menant les marins à leur perte. La pluie fouette le bois, gifle les arbres, frappe la sève.

La maison tremble et vacille sous les assauts terribles du vent et de la pluie, le lit se met soudain à trembler et à ramper sur le sol comme si des pieds lui avaient poussé.

Craignant que la maison ne se renverse, je me dis que la baignoire, solide, serait le refuge idéal. Les boulons et les tuyaux résisteront, et nous empêcheront d'être projetés au loin. Je n'arrive pas à sortir Mama Ya-Ya du lit, elle est bien trop lourde pour moi.

– Allez !

Nous crions toutes les deux. Elle est livide et ses mains osseuses sont glacées. La maison craque et gémit comme si elle était vivante. Le vent ne fait que hurler en retour. Mama Ya-Ya pose les pieds au sol et s'affale. Je lui saisis les hanches et la relève.

– Allez, Mama Ya-Ya, allez !

Elle regarde à travers moi, comme si elle ne me reconnaissait pas.

Le déluge est infernal : on dirait qu'une pluie de cailloux s'abat sur la maison. Spot aboie frénétiquement. Mama Ya-Ya sursaute et j'en profite pour la pousser vers l'avant. Un pas, puis deux, puis trois.

– Allez, tu peux le faire !

Spot se précipite à la fenêtre et aboie après le vent qui fouette notre maison, comme si c'était un chien enragé qui cherchait à pénétrer.

– Allez, Mama Ya-Ya !

Trempée de sueur, je traîne Mama Ya-Ya. Mon cœur est sur le point d'exploser.

Puis c'est le silence total. Un silence à la fois étrange et inquiétant. Spot, la tête levée, tend l'oreille. Mama Ya-Ya s'avance en traînant les pieds. Reconnaissante, je ne la lâche pas et la pousse vers la salle de bains. Elle veut s'effondrer sur les toilettes.

— Non, par ici, je dis en lui mettant une jambe dans la baignoire.

Puis, *boum* ! Le grondement est de retour, le cataclysme reprend. Mama Ya-Ya tombe en avant et m'entraîne dans sa chute.

— Est-ce que ça va ? Ça va ? je lui crie.

Le fracas est tel qu'elle ne doit probablement pas m'entendre. Elle gémit. Est-ce qu'elle saigne à la tête ? J'attrape une serviette.

— Spot ! l'appelé-je.

Il cesse aussitôt d'aboyer, de grogner contre le monstre dehors, et se précipite dans la baignoire. Je le serre fort dans mes bras. Il me lèche les oreilles.

— Bon chien, tu es un bon chien.

Il fait une chaleur moite et étouffante, je suis en nage. J'espère que Spot ne sautera pas hors de la baignoire. Je ferme les yeux, essayant de me rapprocher au plus près de Mama Ya-Ya, tout en priant pour qu'elle s'en sorte et pour que notre maison tienne le choc.

La pluie, telle une cravache, cingle et cingle encore. On dirait qu'un géant s'acharne sur notre maison à coups de poing. Le ciel puis le toit vont s'écraser sur nos têtes. Nous allons mourir. D'ailleurs, je sens les forces de Mama Ya-Ya l'abandonner. Je serre Spot un peu plus fort. On ne passera pas la nuit. J'espère que Ginia et TaShon, ainsi que tous les gens au Superdome, sont en sécurité.

La lumière vacille, puis c'est le noir complet. Plus d'électricité. Je ne peux pas attraper les bougies ou les allumettes, et j'ai oublié la lampe torche. Les yeux plissés, je m'habitue peu à peu à l'obscurité.

De l'autre côté de la porte, je distingue la chambre de Mama Ya-Ya. Autrefois chaleureuse et familière, elle paraît à présent hantée par des monstres terrifiants. La chaise, le lit, le miroir reflétant la lune semblent se mouvoir et trembler, possédés par de mauvais esprits. La baignoire est chaude et exiguë. Un filet de sueur coule le long de mon dos.

— Mama Ya-Ya, tu vas bien ?

— Ça va, ça va.

Je ne la vois pas mais, inquiète, je l'entends

suffoquer. La tempête s'est calmée, mais je tends l'oreille de toutes mes forces. C'est fini. Je m'apprête à me lever mais Mama Ya-Ya m'attrape le bras et me tire vers elle. Elle agrippe le rebord de la baignoire.

— Il revient, il revient ! hurle Mama Ya-Ya.

Puis, dans un gros *boum*, la tempête fait son retour.

— Aïe ! crie Mama Ya-Ya.

Terrifiée, je me mets à crier à mon tour. Spot hurle à la mort. Les planches couinent, débarrassées de leurs clous. Le vacarme est épouvantable : les portes sont arrachées par le vent, les volets viennent s'écraser contre les fenêtres, et les vitres volent en éclats.

— Aïe ! s'exclame Mama Ya-Ya.

Puis je comprends qu'elle dit « œil ».

— Nous sommes dans l'œil du cyclone.

Je prends une grande inspiration et tente d'enrouler mon bras libre autour de Mama Ya-Ya. C'est le pire, ça ne peut pas être pire. Mais je ne suis pas sûre d'y arriver. Le vent, cinglant et tourbillonnant, s'est engouffré à l'intérieur. Je sens son coup de langue froid sur mon visage. Les photos se décrochent des murs. Les draps se gonflent tels des voiles de fantômes. Le flacon de parfum Soir de Paris se fracasse par terre, dans l'humidité froide, je sens l'odeur des magnolias morts. Combien de temps cela va-t-il durer ? La baignoire commence à trembler légèrement. Ses pieds griffus se soulèvent et tentent de se libérer du bois.

— Tiens bon, tiens bon !

La maison est trop vieille, elle ne résistera pas. Les murs en bois vont finir par céder, et Mama Ya-Ya, Spot et moi allons nous envoler à travers le toit et tournoyer dans l'œil du cyclone.

— Nous allons tous mourir ! m'écrié-je.

J'ai l'impression de me trouver dans des montagnes russes sans fin. La baignoire s'agite à nouveau. Spot s'affale sur moi. J'ai des poils plein la bouche. Mama Ya-Ya a lâché ma main.

— Mama Ya-Ya !

Soudain, la baignoire s'immobilise.

Le monstre en a fini avec notre maison. Il continue son chemin en tourbillonnant, soufflant, dévastant notre quartier. Dehors, tout n'est que pluie, fracas et grondement. Les arbres craquent, le métal grince, et des objets sont projetés contre les murs. *Bam, bam.* Je tends l'oreille. L'ouragan bat en retraite. Le son s'estompe, le tonnerre s'éloigne. Le vent, même s'il souffle toujours fort, a perdu en intensité ; la pluie est moins cinglante. Il me semble entendre des cris désespérés dehors :

— Aidez-moi ! Jésus, aide-moi !

Est-ce mon imagination ? Les aboiements de Spot me font mal aux oreilles. Je dois apporter mon aide. Mais par où commencer ? Tremblante de peur, je sors de la baignoire.

— Mama Ya-Ya, je vais demander de l'aide. Je vais appeler les secours.

Telle une aveugle, j'avance en tâtonnant dans les ténèbres, me déplaçant lentement sur le carrelage jusqu'à ce que mes pieds touchent le tapis. Sur le lit, ma mère brille de mille feux. Le téléphone est encore sur la table de nuit.

— Merci, maman.

Je décroche le combiné, mais il n'y a aucune

tonalité. La ligne est coupée. La maison tremble à nouveau : le géant a fait demi-tour. À cause du vacarme tonitruant, je n'entends plus rien. Ai-je imaginé les appels au secours ? Était-ce une ruse de l'ouragan ? Mais non, je n'ai pas rêvé, j'entends bien quelqu'un appeler à l'aide ! Me sentant impuissante, je réalise subitement que la seule façon d'avoir vue sur l'extérieur serait d'accéder au grenier. Certes, la mission se révèle dangereuse, car la maison se balance encore sous l'effet du vent.

— On va monter et voir ce que la tempête a apporté, dit Mama Ya-Ya d'une voix calme et ferme.

Elle semble à nouveau elle-même. Spot saute hors de la baignoire et trotte jusqu'à ce que mes mains puissent toucher ses poils. Lentement, il me guide hors du couloir. À tâtons, ma main effleure la rampe d'escalier qui conduit au grenier. Une fois là-haut, je n'entends plus les voix. Il n'y a plus aucune lumière, seule la lune perce à travers la petite lucarne. On se dirige vers elle, tout doucement. Les étoiles paraissent avoir été emportées par la tempête. Je presse ma main sur le carreau froid et tremblant. Puis je fonds en larmes.

Lundi

Un nouveau jour.

Nous avons survécu à la tempête. Mama Ya-Ya a de gros cernes sous les yeux, un énorme bleu et une bosse sur le front. J'ai moi-même le corps tout endolori.

À travers la brèche entre les planches clouées sur la fenêtre de la chambre percent les premiers rayons du soleil. Je presse mon visage sur la vitre.

Le quartier a été dévasté. Je vois des arbres, balayés comme de vulgaires cure-dents, couchés sur le sol ; une voiture retournée ; un paillasson sur un toit ; des planches qui pendent des fenêtres, des portes défoncées. Il y a même un tricycle rose et jaune suspendu sur les lignes électriques, ses roues tournant dans le vide. Je suis heureuse d'être en vie.

— Du poulet, dis-je à Mama Ya-Ya. On va manger du poulet.

Bien qu'il soit encore très tôt, le poulet semble être une excellente idée. Mama Ya-Ya, une statue de la Vierge Marie à la main, prie devant l'autel tout en allumant de l'encens à la rose. Papa Legba, gardien des portes de l'esprit, a cassé sa canne. Sa tête a également été légèrement abîmée, et Mama Ya-Ya dépose un baiser là où il lui manque des cheveux. Elle a l'air sereine. Cependant, lorsque j'apporte le poulet (léché par Spot !), elle me serre dans ses bras en murmurant :

— La véritable épreuve est à venir.

— Qu'est-ce que tu veux dire par là ? je demande.

— Tu as été très courageuse. Je suis fière de toi, dit Mama Ya-Ya en me caressant la joue.

Un voile de tristesse assombrit soudain son regard. À la fois émue et inquiète, je sens que Mama Ya-Ya me cache quelque chose. Pourtant, il n'y a aucune raison de se faire du souci. Nous avons survécu à l'ouragan. Mama Ya-Ya est fière de moi. Tout va pour le mieux.

Nous nous installons sur le lit. Mama Ya-Ya mange du bout des lèvres. Je devrais peut-être enlever les planches de bois devant la fenêtre de la chambre, mais la vision de notre rue ravagée serait bien trop déprimante. Je préfère me concentrer sur mon bonheur : Mama Ya-Ya, Spot et moi sommes vivants.

— Quand j'étais petite, m'explique Mama Ya-Ya, je croyais qu'il me suffisait de rêver de choses agréables pour qu'elles se réalisent. Plus tard, je me suis rendu compte que si je pouvais voir l'avenir, je ne pouvais pas le contrôler. La vérité, c'est que, même avec le don de double vue, la vie est pleine de surprises et de coups de théâtre. Comme lorsque Charles est mort, quand j'ai découvert que je ne pourrais pas avoir d'enfants, quand ma famille et les gens de mon entourage sont décédés, ou quand les voisins n'ont plus voulu que je mette au monde leurs bébés. Mais toi, dit-elle en caressant ma joue, tu as été mon plus beau cadeau. Une surprise si belle qu'elle a guéri toutes mes blessures et m'a apporté les plus grandes joies. J'ai été bénie de t'avoir auprès de moi.

— Je t'aime, Mama Ya-Ya, dis-je en lui serrant la main.

En cet instant, je me sens si sereine, si chanceuse d'être en vie. Plus jamais je ne voudrais affronter d'ouragan.

— Je restais en vie parce que je pensais que tu avais besoin de moi.

— Ne dis pas ça. Oui, j'ai besoin de toi, Mama Ya-Ya.

— Non, tu es forte, Lanesha. Qui a tout préparé avant la tempête ? Qui a cuisiné ce poulet ? Qui s'est occupé de moi alors que je me trouvais au lit ? Qui a essayé d'appeler les secours ? Qui a tenté d'apporter de l'aide aux voisins ?

Je pose ma tête sur ses genoux. Je ne veux pas entendre ce qu'elle s'efforce de me dire. Je ferme les yeux et sens ses mains apaisantes lisser mes cheveux. La chambre sent la graisse de poulet, le

chien, le parfum de Mama Ya-Ya, et le Vicks
VapoRub. Elle souffre toujours de douleurs arti-
culaires. Je suis contente qu'elle ait pensé à se
frictionner avec la pommade mentholée.

– Je suis épuisée, mon cœur.

Je me redresse et regarde le visage ridé de
Mama Ya-Ya. Je ne peux que me rendre à l'évidence : ses forces l'abandonnent.

– J'ai quatre-vingt-deux ans. Je ne suis pas
éternelle. Il est temps pour moi de partir.

Il y a tant de choses que j'aimerais lui dire : à
quel point je tiens à elle, que je lui dois tout ce
que je sais, combien je lui suis reconnaissante.
Mais les mots restent coincés dans ma gorge, et
je me contente de pleurer en silence.

Sans Mama Ya-Ya, je vais être seule au
monde, pour de bon. Quelle égoïste je fais ! Je
ne pense qu'à moi, mais Mama Ya-Ya est essen-
tielle pour ce monde. Il devrait y avoir une loi
permettant aux bonnes personnes de rester pour
toujours sur terre.

– Tu vas à la rencontre de ton destin, mon
trésor.

Je lui caresse la main. Comment l'avenir pourrait-il être radieux sans Mama Ya-Ya ?

— Mange, dis-je en essuyant mes larmes. Le poulet t'aidera à reprendre des forces.

— D'habitude, c'est mon rôle, dit-elle en souriant.

Je découpe une aile de poulet, sa partie préférée.

— Il est temps pour moi de te léguer la force qu'il me reste, dit Mama Ya-Ya, l'air grave.

Puis, telle une enfant, elle se blottit sous les draps et ramène la couverture sous son menton.

— Une tempête approche, murmure-t-elle.

— Elle est déjà passée.

— Ce n'est pas fini.

Elle me dévisage de ses yeux presque aveugles.

— Tu sais pourquoi ta maman est toujours ici ? Elle voulait être certaine que tout irait bien pour toi. Le monde peut parfois être cruel, Lanesha. Il faut avoir un cœur généreux et faire preuve de courage et de force. C'est ce que tous les parents souhaitent à leurs enfants. Cette épreuve aurait dû venir beaucoup plus tard, mais tu l'as affrontée avec force, courage et amour.

— C'est toi ma force, dis-je, bouleversée par cette déclaration.

Je suis à la fois heureuse et triste. Mama Ya-Ya lève la tête, le menton en l'air.

— TaShon arrive, déclare-t-elle avant de reposer la tête sur l'oreiller.

On frappe à la porte d'entrée. Spot dévale les escaliers en aboyant. Je me lève et jette un œil à Mama Ya-Ya sur le lit. Ma mère se tient près d'elle. Puis je descends les escaliers.

— Lanesha, Spot !

Surexcités, TaShon et Spot se roulent sur le sol de la cuisine.

— TaShon, qu'est-ce que tu fais là ?

— J'ai perdu mes parents. Il y avait tellement de monde au Superdome, des milliers de gens. Tu aurais dû voir ça, Lanesha. Je les ai cherchés partout. Après la tempête, je me suis dit qu'ils étaient rentrés chez nous, alors je suis parti. Ils ne sont pas encore à la maison, mais ils ne vont pas tarder.

TaShon semble différent. Depuis quand est-il aussi bavard ? Depuis quand est-il aussi courageux pour rentrer tout seul chez lui ?

— Tu as du lait ?

J'ouvre le réfrigérateur. L'électricité est toujours coupée, mais le lait est encore frais. Je sers un verre à TaShon et le regarde boire à grandes gorgées. Crasseux de la tête aux pieds, il dégage une drôle d'odeur, comme s'il avait mouillé ses draps, même s'il est un peu vieux pour faire encore pipi au lit.

— Raconte-moi.

Agenouillé sur le sol, il caresse Spot.

— C'était horrible, Lanesha. Je n'avais jamais vu autant de monde. Les gens dormaient sur les tribunes, sur des chaises ou des lits de camp. Très vite, il n'y a plus eu de papier toilette dans les W.-C.

Je tends à TaShon un autre verre de lait, mais il secoue la tête.

— Vous avez survécu à la tempête.

— Oui. Mais c'était vraiment effrayant. Les gens criaient et pleuraient sans arrêt. Le vent rugissait et secouait le Superdome comme s'il s'agissait d'un fétu de paille. Puis il y a eu un énorme grincement, Lanesha. Une grosse plaque de métal a été arrachée du toit. Tu imagines? Au Superdome!

TaShon lève la tête au plafond, comme si celui-ci pouvait s'écrouler à tout moment.

— Les gens sont devenus fous et l'obscurité n'a fait qu'empirer les choses. Il pleuvait à torrent et le vent retournait les lits de camp. Les gens hurlaient le nom de leurs enfants. Mais c'était le noir complet. Le pire, ç'a été de sentir mon père trembler. Les papas ne sont pas supposés avoir peur. Eh bien, le mien, qui n'a pas mis les pieds dans une église depuis des années, n'arrêtait pas de prier Jésus en me serrant de toutes ses forces dans ses bras.

Voyant TaShon au bord des larmes, je le prends alors dans mes bras et lui caresse le dos, comme Mama Ya-Ya le fait lorsque je suis effrayée.

— Tout va bien, TaShon. Nous sommes vivants, lui dis-je.

— Le vent faisait tellement de bruit qu'il couvrait les hurlements de milliers de personnes.

— Je sais.

— J'ai cru qu'on allait tous mourir, que le vent allait finir par emporter le Superdome.

Je préfère ne pas évoquer notre nuit à nous. TaShon semble vidé de son énergie. Assis par terre, les jambes écartées, les bras ballants et la tête penchée, il est à la fois lui-même et différent. Spot se frotte le dos contre lui. TaShon pose sa tête sur le ventre du chien. Il me regarde en frissonnant.

— Comme je ne retrouvais pas mes parents, je suis rentré à la maison. J'ai pensé que c'était notre point de rendez-vous.

La crasse, la sueur et les larmes sèchent peu à peu sur son visage.

— Ils seront bientôt à la maison, c'est certain, dit-il comme pour se rassurer.

— Oui, TaShon. Ils vont être inquiets, mais ils sauront que tu es rentré.

— Où peuvent-ils aller sinon ?

— C'est sûr, d'autant que l'ouragan est terminé, ajoutai-je en lui tapotant le dos.

Soudain, TaShon fond en larmes. Recroquevillé sur lui-même, il resserre son étreinte autour de ses genoux, le corps secoué de sanglots.

– Lanesha, j'en ai assez vu. Dehors, c'est le chaos. La Nouvelle-Orléans est dévastée.

J'aurais voulu lui confier mon angoisse au sujet des prémonitions de Mama Ya-Ya, mais je préfère changer de sujet.

– TaShon, comment as-tu fait pour rentrer ?

Il ne réagit pas.

– Tu n'as pas pu rentrer à pied. Le Superdome est de l'autre côté de la ville.

Il ne répond toujours pas.

– Tu veux que je mette du sirop de chocolat dans ton lait ?

TaShon gratte le sol avec ses ongles. J'aperçois les petites bosses sur ses mains. Mama Ya-Ya avait raison : c'était le signe qu'il serait spécial.

– Tu veux faire boire Spot ?

Je lui tends un bol. TaShon, les joues striées de larmes, se lève et va ouvrir le robinet. De l'eau jaune sort en crachotant, puis plus rien.

– Tiens, de l'eau minérale.

TaShon verse l'eau dans le bol, et nous regardons Spot laper jusqu'à la dernière goutte.

– Tu peux le remplir encore, dis-je à TaShon.

Une fois Spot désaltéré, TaShon s'assied à ses côtés, sur le sol ; avec ses doigts, il suit les fissures sur le linoléum.

– J'ai marché un peu, dit-il doucement. Au début, c'était marrant. Je me prenais pour un chien perdu qui parvient à retrouver le chemin de sa maison. J'ai escaladé toutes sortes de choses : des buissons, des ordures, des kiosques à journaux renversés. J'ai même vu une valise ouverte sur un poteau téléphonique. Les rues étaient désertes. J'avais peur, mais il fallait que je continue.

TaShon se relève, prend le verre de lait et l'avale d'une traite.

– Il y avait des bris de verre, des voitures abandonnées dans les fossés, et même un bus retourné. Les chiens et les chats fouillaient les poubelles. Il y avait de la boue partout ; des arbres gigantesques ont été arrachés du sol. À un moment, je ne pouvais plus marcher, Lanesha. Il faisait trop chaud, et j'étais fatigué. Mes jambes ne voulaient plus me porter, alors je me suis assis sur le trottoir. Une femme blanche avec un chapeau de paille est passée en voiture. À l'arrière, il y avait un enfant au visage sale dans un siège pour bébé. «As-tu vu Lyle?» m'a-t-elle demandé. J'ai répondu «non».

– Qui est Lyle, TaShon?

– Je ne sais pas.

– Son mari, son fils, son chien ou son chat?

– Je ne sais pas, dit TaShon en secouant la tête. Je lui ai demandé si elle pouvait m'emmener et lui ai promis de l'aider à chercher Lyle.

– Elle ne t'a pas demandé où étaient tes parents?

– Non. Elle n'arrêtait pas de parler de la fin du monde. Au bout d'un moment, je lui ai dit que je voulais retrouver mon chien. Elle a dit: «Dieu bénisse les animaux et les enfants», et m'a demandé où j'habitais. «District Neuf», j'ai répondu. Elle a dit qu'elle ne pensait pas que Lyle se trouvait là-bas mais que ça ne coûtait rien d'aller y faire un tour. C'était horrible, Lanesha. Le porche de ma maison s'est écroulé au beau milieu de la rue. Maman et papa vont être anéantis. La maison, c'est tout ce qu'on avait. La mère de maman nous l'avait léguée. La maison de Rudy et de Rodriguez aussi a été abîmée. Les volets ont été arrachés.

– Tu les as vus ? Ils vont bien ?

– Aucune idée. Leur maison a l'air vide. Le toit de Mrs Watson s'est envolé. En arrivant devant chez Mama Ya-Ya, j'ai dit à la femme blanche que c'était chez moi.

– Et elle t'a laissé partir ?

– Oui. Elle a dit qu'il fallait qu'elle retrouve Lyle.

Assise par terre, j'imaginais cette pauvre femme errer dans les rues en voiture. Pour rien au monde je ne voudrais sortir et être témoin de ce que TaShon a vu.

– Est-ce que je peux rester ici, s'il te plaît, Lanesha ?

J'aperçois les ombres des fantômes, qui se cachent dans les recoins de la cuisine.

– Oui. Tes parents seront bientôt de retour, c'est sûr.

En réalité, je me dis que je devrais le ramener au plus vite au Superdome. Si j'étais la mère de TaShon, je ne quitterais pas les lieux avant d'avoir retrouvé mon fils.

Toujours lundi

— Mama Ya-Ya, regarde qui est là !

— Bonjour, mon chéri. Viens me faire un câlin.

TaShon se jette dans les bras de Mama Ya-Ya.

— Maintenant vous allez manger du poulet pour reprendre des forces.

Mama Ya-Ya semble redevenue elle-même, si ce n'est qu'elle ne gronde pas TaShon pour avoir grimpé sur le lit avec ses vêtements et ses chaussures sales. TaShon ne lâche pas Mama Ya-Ya. Il la serre fort, les mains derrière sa nuque. Elle me regarde par-dessus sa tête en souriant. Je lui rends son sourire. Il n'y a rien de tel qu'un câlin de Mama Ya-Ya.

— Tu as été séparé de tes parents.

— Oui, madame.

Mama Ya-Ya le saisit par les épaules et le regarde droit dans les yeux.

— Tu es un bon garçon. Ne t'en fais pas, mon chéri. Tout va bien se passer. Ta famille et toi serez bientôt réunis.

— Vraiment?

— Vraiment. Mange du poulet, mon cœur. C'est Lanesha qui l'a cuisiné, dit-elle avec fierté. Il est presque aussi bon que le mien.

— Lanesha a cuisiné? s'exclame en riant Ta-Shon.

Il attrape la dernière aile de poulet et s'appuie contre le lit. Puis, à ma grande surprise, il me fait un clin d'œil. En le regardant, j'ai comme l'impression que l'avenir sera radieux.

Dehors, il fait encore jour. La chambre est plongée dans la pénombre malgré les bougies posées sur l'autel et sur les tables de nuit. Je vais être obligée d'enlever les planches de bois et d'ouvrir les fenêtres car la chaleur devient suffocante, ce qui n'a pas l'air de déranger TaShon le moins du monde. Assis sur le sol près de Spot, il dévore le poulet.

– C'est quoi ça près de vous, Mama Ya-Ya ?

– Tu peux la voir ? demandons-nous en chœur, Mama Ya-Ya et moi.

Le fantôme de ma mère paraît plus consistant. Je distingue les plis de sa chemise de nuit, la forme de sa mâchoire. Elle a des taches de rousseur, comme moi. Elle est assise et cligne des yeux comme si elle était sur le point de se réveiller. Je fais un pas en avant et le fantôme de ma mère tourne la tête vers moi, et m'observe. Mama Ya-Ya avait-elle raison ? «En Louisiane, tout le monde croit aux esprits. Personne ne peut les voir, à moins qu'ils n'en aient décidé autrement.» Je m'approche un peu plus près. Ma mère et Mama Ya-Ya sont assises sur le lit, telles des camarades de jeu.

– TaShon, murmure Mama Ya-Ya, je suis contente que tu sois là. Lanesha et toi, vous allez vous entraider.

– Je sais, dit TaShon en mordant dans un morceau de poulet. Vous avez du maïs ?

– Non, coupé-je. Tu vois ma maman à côté de Mama Ya-Ya ?

– Qui ? demande TaShon en regardant Mama Ya-Ya et son énorme pile de coussins.

– Tu la vois ? crié-je à moitié.

TaShon me dévisage en fronçant les sourcils.

– Je ne vois rien. C'était sûrement une ombre. Je peux avoir encore du poulet, s'il te plaît ?

Mama Ya-Ya tend la main vers moi.

– Je suis désolée, Lanesha.

– Ce n'est pas grave, dis-je, déçue.

Je donne une cuisse de poulet à TaShon. Ma maman m'observe d'un air attentif.

– Voir les deux mondes est une bénédiction, Lanesha, me rappelle Mama Ya-Ya. C'est un cadeau du ciel. TaShon, tu devrais faire un brin de toilette, la salle de bains est au bout du couloir.

TaShon est barbouillé de graisse de poulet.

– Viens, Spot.

Ils quittent la chambre. Je ne suis pas stupide. Mama Ya-Ya les a fait sortir exprès.

— Lanesha, ta maman et moi, nous voulons t'aider. Nous avons prié et décidé que nous allions t'aider à naître.

— Je suis déjà née.

— Oui, mais ce sera une renaissance.

Ma mère sourit. Elle est si jolie, si jeune, pas beaucoup plus âgée que moi. Les maths sont censées tout expliquer, mais il n'existe aucune équation pour ce phénomène-là. Une renaissance ? Je n'y comprends rien !

— D'accord, dis-je, trop fatiguée pour argumenter.

— Tu devrais monter au grenier, Lanesha.

— Pourquoi ?

Mama Ya-Ya prend la main du fantôme de ma mère.

— Ta maman est venue à moi, jeune et enceinte. Elle avait entendu dire que je mettais au monde les bébés, gratuitement et sans questions.

Ma mère a l'air ANGÉLIQUE.

Un mot facile : *qui tient de l'ange.*

Assises sur le lit, ma mère et Mama Ya-Ya se tiennent la main, telles des sœurs jumelles.

TaShon revient de la salle de bains, souriant comme un imbécile. Il s'allonge sur le sol et se pelotonne contre Spot.

— Mama Ya-Ya, finis-je par admettre, je ne comprends pas un mot de ce que tu racontes.

— Ce n'est pas grave. Tu ne vas pas tarder à comprendre. L'univers brille d'amour, ma chérie. Pour survivre à cette nuit, c'est exactement ce qu'il te faut, de l'amour.

Mama Ya-Ya tend les mains vers moi.

— La vie est pleine de surprises.

Je prends ses mains et sens la force qui émane de ses paumes.

— Tu dois monter au grenier, murmure Mama Ya-Ya.

— Il y fait trop chaud, et l'ouragan est passé.

— C'est là que tu dois être, affirme-t-elle fermement avant de grimacer. J'ai besoin de mes médicaments.

Je lui donne une pilule avec un verre d'eau. Son visage a pris une teinte grisâtre. Elle avale ses calmants puis s'adosse à son coussin. Ma mère est partie.

TaShon s'est endormi sur le sol auprès de Spot. Mama Ya-Ya s'est assoupie, elle aussi. Je retire les planches de bois et ouvre la fenêtre de la chambre. J'aperçois des arbres, des buissons, et des maisons détruites. Que le ciel est beau après une tempête ! L'air frais est agréable. Tous les nuages ont été soufflés jusqu'au Golfe. Je vois quelques voisins marcher dans les rues tels des zombies en se frayant un chemin parmi les débris. Face au désastre, ils pleurent et tentent de nettoyer. Ils sont suivis par les véritables fantômes, un vrai défilé. Chacun semble chercher quelque chose qu'il a perdu. Mal à l'aise, je sens les poils de ma nuque se hérisser.

Malgré un visage serein, Mama Ya-Ya respire fort dans son sommeil. Je ne peux rien faire pour elle, pas même appeler le numéro d'urgence. Je dois me contenter de suivre ses ordres. Je décide de déménager au grenier et me mets à rassembler des bouteilles d'eau et des couvertures. Le fantôme de ma mère (pour la première fois !) m'observe du haut des escaliers, ce qui, pour une raison inconnue, m'emplit de fierté.

L'atmosphère du grenier est confinée. Je dois marcher courbée dans la plupart des espaces. Je remonte de la nourriture, des couvertures, des coussins, une lampe torche, des bougies, des carafes d'eau. Au bout d'un moment, ma mère finit par s'asseoir sur les marches et me regarde tandis que je m'affaire.

Je m'efforce de penser à des choses positives. Bientôt, tout le monde sera de retour dans le District Neuf, et le quartier redeviendra comme avant. Je ne comprends toujours pas ce que je fais dans le grenier à aménager un endroit pour nous, mais Mama Ya-Ya m'a dit de monter là-haut, alors j'obéis.

Je prends mon dictionnaire, l'encyclopédie, un livre pour TaShon, de la viande et un os pour Spot. Si je peux survivre à un ouragan, alors je peux survivre à une nuit dans le grenier. Dans quelques jours, je serai de retour à l'école, je retrouverai Ginia, et je partagerai la garde de

Spot avec TaShon. C'est aussi mon chien, maintenant.

Un filet de lumière sort de la lucarne. Je jette un œil autour de moi. Il y a tout ce qu'il faut. Et si nous étions piégés ? me demandai-je subitement. Je ne pourrais pas passer par la lucarne, elle ne s'ouvre même pas. J'ai déjà vu des photos de gens sur les toits lors de précédentes tempêtes. L'ouragan est parti, mais s'il revenait ? Est-ce qu'un ouragan peut revenir ? Je me souviens qu'il y a une hache dans la remise. Il faut toujours se préparer au pire. Je repense au fameux dicton : « Mieux vaut prévenir que guérir. »

Dehors, c'est un triste spectacle. TaShon n'avait pas menti. Je me fraie un chemin à travers les débris, les arbres déracinés et les fragments de maisons, les toits de remise arrachés. La nôtre est dans un sale état. Certes, elle n'avait jamais eu bonne allure, mais à présent on a l'impression qu'elle peut s'écrouler à tout moment. J'enjambe avec prudence les morceaux de bois, la boue, les branches, les bâtons. La hache se trouve d'ordinaire au fond, posée contre le mur. Là, elle est enfouie sous des boîtes, un râteau, et plein d'autres objets. La remise craque. Je ne fais plus un geste et retiens mon souffle, effrayée à l'idée d'être enterrée vivante. Puis, rapidement, j'attrape la hache et une lampe torche supplémentaire ; je cherche tout ce qui pourrait être utile. Une bâche verte, une corde. La remise craque et tremble à nouveau.

Je déguerpis à toute vitesse, et me prends les pieds dans l'encadrement de la porte qui s'écroule. Je m'étale de tout mon long dans la boue et me retrouve à patauger dans l'eau. Je me relève rapidement. De l'eau ? Sûrement des restes de la tempête. Mais pourquoi n'a-t-elle pas été absorbée par le sol ? L'eau semble monter. Ce doit être mon imagination. Je m'essuie les mains sur ma chemise et remarque que mon jean est trempé. Je m'accroupis.

De minuscules insectes morts flottent à la surface de l'eau ; d'autres, toujours en vie, tentent désespérément de s'échapper en agitant frénétiquement leurs petites ailes. J'aperçois une sangsue gluante et plus grosse qu'un ver. Je rentre à la maison en essayant de ne pas mouiller le sol, mais je me rends compte qu'il est déjà détrempé, et que je n'y suis pour rien. Un filet d'eau s'infiltre par l'interstice de la porte. C'est incompréhensible : l'ouragan est parti. L'eau est censée se retirer maintenant, et non pas affluer !

Tremblante, je me précipite à l'étage pour me changer. Je ne veux pas que Mama Ya-Ya me voie avec des vêtements sales ou que TaShon me voie si effrayée. Je traverse le couloir jusqu'à la chambre de Mama Ya-Ya. Elle ouvre les yeux.

— Je suis prête, dis-je. L'eau s'infiltre dans la maison.

Elle ne dit pas un mot, n'a pas l'air surprise.

— Il faut qu'on monte au grenier.

— Laisse-moi te raconter une dernière histoire.

— On n'a pas le temps.

— Tu sais comment Noé, sa famille et les animaux ont survécu au déluge ? me demande-t-elle, ignorant ma remarque.

— Dieu a envoyé le déluge parce que les gens avaient mal agi.

— Oui, les gens avaient été mauvais. Mais Lanesha, écoute-moi. Parfois, une tempête est juste une tempête. Un déluge n'est qu'un déluge.

Le mot « déluge » me rend nerveuse.

— Peu importe comment le déluge a commencé. Ce qui compte, c'est la façon dont il finit.

— Avec un arc-en-ciel.

— Oui, de toutes les couleurs, toutes les lumières se rejoignant en une harmonie parfaite. Dieu avait promis de ne pas envoyer d'autre déluge. Or la promesse de Dieu n'a rien à voir avec un déluge, mon cœur, mais avec l'amour.

— L'univers est illuminé d'amour, dis-je.

— Exactement.

Mama Ya-Ya détache son collier.

— Charles me l'avait donné. Il est à toi maintenant.

C'est une chaîne en or avec un petit cœur que Mama Ya-Ya porte depuis aussi loin que je peux me souvenir. Un objet à la fois délicat et fort. En le mettant, je sens comme un agréable fil qui me relie pour toujours à Mama Ya-Ya.

— Repose-toi un peu à présent, dit Mama Ya-Ya. Préserve tes forces.

— L'eau monte.

— Tu as le temps de te reposer. Fais-moi confiance. Allonge-toi, ma chérie.

Accablée par la chaleur et la fatigue, je m'étends au fond du lit, aux pieds de Mama Ya-Ya. Spot me donne un coup de langue sur la main puis repose sa tête sur la jambe de TaShon.

Spot aboie dans le couloir. Il ne cesse d'aller et venir entre la chambre et le palier, aboyant et gémissant. Je me lève, sonnée.

En voyant la cage d'escalier, je pousse un cri. L'eau a atteint la moitié des marches. Une eau noire, méchante et tourbillonnante.

— Mama Ya-Ya ! Mama Ya-Ya, la maison est inondée !

TaShon, maintenant tout à fait réveillé, se met à hurler :

– Je ne sais pas nager ! Je ne sais pas nager !

Je secoue Mama Ya-Ya. Elle respire fort.

– Il faut qu'on y aille, crié-je.

Mama Ya-Ya soupire. Je refoule mes larmes. Nous devons monter.

– Viens, TaShon ! On va aller au grenier.

– Je ne sais pas nager, Lanesha.

– Il faut qu'on aille au grenier. Aide-moi, TaShon !

Je ne peux pas bouger Mama Ya-Ya toute seule. Nous nous plaçons de chaque côté et la soutenons tant bien que mal, mais elle est bien trop lourde. Nous trébuchons tous les trois vers l'avant. Mama Ya-Ya a la peau froide. Son visage est décomposé.

– Allez, essaie de marcher, Mama Ya-Ya.

Elle met un pied sur une marche. TaShon et moi la tenons fermement : je la tire, il la pousse. L'eau continue de monter lentement. Nous déposons Mama Ya-Ya, gémissante, dans un coin du grenier.

Je retourne à la porte. L'eau a gagné une autre marche. Je ne comprends pas ! L'ouragan est parti. Soudain, les cours de géographie me reviennent en mémoire : le Mississippi. Je respire à pleins poumons. L'air sent le Mississippi. L'eau doit forcément venir du fleuve. Est-ce à cause de l'ouragan ?

TaShon pleure. Je le secoue fermement.

– J'ai besoin de toi, TaShon.

– Je ne sais pas nager, Lanesha.

– Moi non plus. Et pourtant je ne suis pas là à pleurnicher.

À quoi bon pleurer ? Je ne connais pas beaucoup de gens du District Neuf qui savent nager. Il n'y a même pas de piscine municipale. Les yeux gonflés, TaShon me dévisage, les doigts cramponnés au collier de Spot.

– L'eau monte doucement, on va s'en sortir.

– Et si le grenier est inondé ?

Impossible.

– Tu n'auras qu'à nager comme un chien. Si Spot peut le faire, alors toi aussi.

Je lui montre le mouvement.

– Fais comme si tu étais un chien qui marchait dans l'eau.

TaShon se met à agiter les mains.

– Comme ça ?

Je hoche la tête, soulagée d'avoir apaisé son angoisse.

– Tout va bien se passer. Prépare un lit pour Spot et toi.

Il s'attaque aux couvertures et aux draps, qu'il fait flotter en l'air avant de les étendre au sol. Je m'assieds près de Mama Ya-Ya et réfléchis au problème. Comment allons-nous nous en sortir tous les quatre ? Et si personne ne venait nous secourir ? Et si l'eau atteignait le grenier ?

La chaleur est insupportable. TaShon a déjà retiré sa chemise, et Spot paraît apathique. Je défais les boutons autour du cou de Mama Ya-Ya et approche une bouteille d'eau de ses lèvres. Comme elle refuse de boire, j'humidifie ses lèvres. Je verse de l'eau dans ma main pour Spot. TaShon boit aussi. Pas moi. On doit économiser l'eau.

Une fois le soleil couché, l'obscurité nous terrifie, mais il faut faire durer les lampes, ainsi que les bougies. On ne peut pas les laisser brûler toute la nuit. Nous sommes assis serrés les uns contre les autres, comme enveloppés dans un épais velours noir. La chaleur et l'odeur de moisi me donnent mal à la têtc. TaShon me parle de ses parents et de leur retour à la maison. J'écoute d'une oreille distraite.

— Je dois aller aux toilettes, dit TaShon.

Avec la lampe, je balaie la petite pièce. Aucune intimité possible. Nous n'avons ni toilettes ni seau. Je lui tends un gobelet.

— Beurk, dit-il.

— C'est tout ce qu'on a.

TaShon pousse un petit cri étouffé. Comme je comprends qu'il s'esclaffe, je me mets à rire à mon tour.

— Tiens, prends la lampe. Je vais m'asseoir sur les marches.

Je ferme la porte du grenier et dirige la seconde lampe vers les escaliers. J'étouffe un cri d'horreur en voyant les statues d'anges de Mama Ya-Ya flotter, ballottées par les eaux. Mais je me rappelle aussitôt les paroles de Mama Ya-Ya au sujet des signes. Les statues qui flottent représentent la promesse de Dieu. Demain, il y aura des arcs-en-ciel et nous serons sains et saufs. Peut-être que les parents de TaShon nous retrouveront. « L'univers brillera d'amour. »

Tout ira bien. Je construirai des ponts qui pourront traverser les océans, les rivières, n'importe quel courant. J'étudierai les papillons, comment ils passent de l'état de cocon gris-blanc à un être coloré et superbe. Je deviendrai spécialiste des mots et créerai mon propre dictionnaire. Quand je serai grande, je pourrai tout faire.

Je frappe un coup à la porte, et passe la tête à l'intérieur :

– C'est bon ?

– Oui, pour Spot aussi.

Spot remue la queue, visiblement heureux. Une odeur d'urine flotte dans la pièce. Chancelante, j'avale une gorgée d'eau, me disant que ce qui rentre doit bien sortir.

J'éclaire Mama Ya-Ya. Allongée sur le côté, les yeux grands ouverts et le visage en sueur, elle semble voir des choses invisibles. J'aurais voulu lui parler mais je sens bien que ce serait peine perdue d'essayer. J'éteins la lampe. Une nuit. Juste une nuit dans le grenier. Je préfère ne pas dire à TaShon que l'eau continue de monter.

– Tu feras quoi quand tu seras grand ?

– Golfeur.

Je me mords les lèvres pour ne pas éclater de rire. Il n'y a aucun terrain de golf dans le District Neuf, et personne à ma connaissance n'a jamais tapé la petite balle blanche. Encore moins TaShon.

– C'est bien. Je suis sûre que tu deviendras un grand joueur.

– Et toi, Lanesha ?

– Ingénieure.

– Tu feras une bonne ingénieure.

– Merci, TaShon.

Nous sommes silencieux dans l'obscurité, chacun écoutant la respiration de l'autre. Je suis contente d'avoir TaShon auprès de moi.

— Tu as toujours été normal comme ça, TaShon ? Je veux dire, tu étais tellement discret, je ne savais pas que tu étais si… gentil.

Il ne répond rien. Comme je ne distingue pas son visage, je n'arrive pas à savoir si ma remarque l'a blessé ou non.

— Je crois que je suis normal, dit-il dans un murmure à peine perceptible.

Je reste silencieuse.

— Je me disais juste que, si je restais dans mon coin, les autres ne me verraient pas et ne se moqueraient pas de ma petite taille.

— Je le savais.

— C'est vrai ? demande TaShon, surpris.

— C'est vrai. Parfois, je remarque des choses que les autres ne voient pas.

— Tu es comme Mama Ya-Ya. Tu es spéciale.

— Vraiment ? demandé-je, la gorge serrée. Tu le penses sincèrement ?

— Nan, les garçons sont plus spéciaux que les filles.

— TaShon !

Il éclate d'un rire qui résonne dans le grenier

sombre et chaud. Je déteste quand les autres enfants se moquent de moi, mais les plaisanteries de TaShon ne me dérangent pas. Je ris de bon cœur avec lui.

– Lanesha, tu dors ?

Quelle heure est-il, 11 heures ? 2 heures du matin ? L'aube est encore loin. Les paupières lourdes, je continue de faire le guet, même si je ne distingue pas grand-chose dans le noir.

– Je n'arrive pas à dormir.

– Tiens, allume une bougie et lis.

Je lui tends une bougie blanche dans un bocal en verre qui appartenait à l'autel de Mama Ya-Ya. TaShon gratte l'allumette et j'aperçois son visage sale en sueur. La chandelle crée un petit cercle de lumière.

– Tu devrais dormir, Lanesha. Je vais rester éveillé au cas où Mama Ya-Ya aurait besoin de quelque chose. C'est ce qui te tracasse, hein ?

– Oui.

Mais Mama Ya-Ya n'est pas la seule raison. Je repense à l'eau qui monte dangereusement.

– Essaie de dormir, Lanesha. Je monte la garde.

– C'est bon, TaShon.

– Non, s'il te plaît. Je peux veiller sur toi et Mama Ya-Ya.

Les mots de TaShon me font l'effet d'une brise fraîche. Personne n'avait jamais veillé sur moi et Mama Ya-Ya, excepté moi et Mama Ya-Ya.

– Je vais dormir, dis-je.

Mais je sais que je n'y arriverai pas. Juste au cas où, juste au cas où… J'essaie de ne pas y penser mais c'est plus fort que moi. Juste au cas où l'eau continuerait de monter.

– C'est bien, déclare TaShon avec une once de fierté dans la voix. C'est mon tour de garde. Spot sera mon second.

Dans l'obscurité, je devine son sourire.

Dans la pénombre du grenier, je discerne la forme sombre de Spot et celle de TaShon, pelotonné près de la lumière vacillante, un livre à la main. J'entends le bruissement des pages qui tournent. Je ne bouge pas, pour faire croire à TaShon que je dors.

J'aimerais tant dormir. Le sommeil me ferait oublier la chaleur suffocante, l'obscurité, la respiration saccadée de Mama Ya-Ya et l'odeur du Mississippi s'incrustant dans notre maison. Je tiens la main de Mama Ya-Ya, et me rends à l'évidence : elle est en train de mourir.

Huit signifie un nouveau départ. Deux représente la bonté, un pouvoir silencieux. Mama Ya-Ya a quatre-vingt-deux ans. Elle s'éteint. Son esprit est prêt pour un nouveau départ. Je souris mais mon cœur souffre. J'imagine Mama Ya-Ya en train de raconter des histoires à madame la Mort, lui dire que 8 + 2 = 10. Dix veut dire que tout est complet, parfait, accompli.

Je ne pensais pas aimer Mama Ya-Ya plus que je ne l'aime déjà, mais, en cet instant, c'est le cas. Je n'ai jamais été aussi reconnaissante de toute ma vie.

Je me blottis contre elle. Sa peau est douce et sent encore bon. Je cale ma respiration sur la sienne. Mama Ya-Ya m'a appris à parler, à marcher, et à voir. À chacun de mes anniversaires, elle passait du temps avec moi, me comblant d'amour ; nous faisions des gâteaux, les dégustions, puis lavions la vaisselle ensemble. Nous ressemblions à une vraie famille.

Je lui chuchote à l'oreille :

— J'ai adoré être ta fille, Mama Ya-Ya.

Elle serre ma main.

— Nous sommes tous dans le grenier, ajouté-je.

À nouveau, elle presse ma main. Je dépose un baiser sur son front.

— Tout ira bien pour TaShon et moi.

Je suis contente de ne pas voir distinctement son visage et qu'elle ne puisse pas voir le mien.

— Je suis réveillée, tu devrais dormir, dis-je à TaShon.

TaShon souffle sa bougie. Il ne lisait plus depuis longtemps. J'entends Spot haleter. Il doit avoir si chaud. Je me blottis à nouveau contre Mama Ya-Ya. Je ne sais pas si elle m'entend mais je lui assure que je vais me souvenir de tout ce qu'elle m'a appris. J'élèverai des papillons, et ten-

terai de voir les signes que les autres ne voient
pas.

— Tout va bien, lui dis-je.

Je tiens sa main jusqu'à ce qu'elle glisse hors
de la mienne. Je pose mon oreille sur sa poitrine,
cherchant un souffle, attendant que ses poumons
se soulèvent. Puis je me mets à pleurer, la main
sur la bouche, bien qu'aucun son ne sorte. Spot
s'approche et me lèche le visage. Je dépose une
couverture sur Mama Ya-Ya.

Assise dans le noir, j'effleure le collier autour
de mon cou. L'amour contenu à l'intérieur brûle
ma peau et me réchauffe le cœur.

Alors que le temps passe, et que l'eau ne cesse
de monter, je réfléchis à la prochaine étape.
Qu'aurait attendu Mama Ya-Ya de moi ?

$8 + 4 = 12$. La force spirituelle et véritable,
Lanesha. Comme les papillons.

Je me lève et me déplace sur la pointe des
pieds, pour ne pas réveiller TaShon. J'ouvre la
porte et éclaire la cage d'escalier. L'eau est à mi-

chemin. Désemparée, je me retiens de fondre en larmes. Mama Ya-Ya ne voudrait pas que j'abandonne.

Résous le problème, concentre-toi, Lanesha. Le temps est parfois une variable en maths. C'est ça ! Avec le temps, je peux mesurer la quantité d'eau qui monte.

Je m'assieds et me mets à compter les secondes : une, deux trois… jusqu'à en avoir la bouche sèche. J'observe le liquide noir glisser sur les escaliers. Soixante secondes équivalent à une minute. J'ai compté six cents secondes. Il faut donc dix minutes pour que l'eau atteigne la moitié d'une marche. Et encore dix pour qu'elle atteigne une nouvelle marche. Donc vingt minutes pour une marche entière. Il reste douze marches jusqu'au grenier. Vingt minutes fois douze. Il nous reste quatre heures à vivre.

Lundi n'est pas fini

TaShon et Spot ronflent.

J'éclaire la porte. L'eau s'est infiltrée dans le grenier et ressemble à un petit ruisseau qui grossit à vue d'œil. Bientôt le corps de Mama Ya-Ya flottera. Je ne réveille pas TaShon.

Avec difficulté, je pousse le plus grand meuble sous la lucarne, juste au centre de la pièce. Je regarde par la fenêtre. Pas de brise, ni aucun souffle de vent. L'ouragan est définitivement passé. Dehors, l'eau a recouvert les maisons, ne laissant dépasser que les toits. Les voitures sont complètement noyées. Les lampadaires et les poteaux électriques ont diminué de moitié. Les cimes des arbres ressemblent à des buissons poussant dans l'eau.

Je me mets à transporter notre eau et la nourriture, ainsi que mon livre de maths, en haut d'une grande armoire. Le dictionnaire est dans ma poche. Mais je ne sais pas où sont passés mes stylos brillants.

Je frissonne. Affamée et en sueur, je suis au bord de l'évanouissement.

— Debout, TaShon, dis-je en le secouant.

Puis je dirige la lampe vers l'eau sombre qui s'infiltre sous la porte du grenier.

— On doit monter plus haut.

Bientôt, l'eau va atteindre nos pieds, nos corps, nos vêtements.

— Tu crois que mes parents vont bien ? me chuchote TaShon.

— Bien sûr, je réponds, même si je n'en ai aucune idée.

TaShon m'attrape le bras.

— Où est Mama Ya-Ya ?

— Elle est morte. C'est OK, TaShon.

Dans la pénombre, je ne distingue pas son

visage. « Je la reverrai bientôt en fantôme », me dis-je, réconfortée par cette idée. Pour la première fois, je suis heureuse de posséder le don de double vue. L'idée de revoir Mama Ya-Ya me redonne de la force.

TaShon est sous le choc.

— Allez, on doit survivre.

— Attends, dit TaShon. Où l'as-tu mise ?

— Quoi donc ? demandé-je, irritée.

— La hache.

TaShon a raison, on a besoin de la hache. Je dirige ma lampe par terre.

— À côté de la porte, criai-je.

TaShon court chercher la hache couverte d'eau poisseuse.

— On dirait une hachette, dit-il.

Puis il se met à grimper maladroitement, la hache à la main. Avec la lampe, je lui éclaire la voie. TaShon se penche, jette presque la hache en hauteur, au sec.

— Maintenant, on s'occupe de Spot, lance-t-il en redescendant.

L'eau s'élève régulièrement. Ensemble, nous

escaladons les vieux meubles, pour essayer d'atteindre le point le plus haut, un chiffonnier où nous tenons à peine tous les trois. La hache, grâce à TaShon, est à portée de main. Mais la nourriture et l'eau sont sur un autre meuble, à un mètre de nous. Si l'eau monte trop, je ne pourrai pas les atteindre.

— Ne bougez pas, dis-je à TaShon et à Spot. Je vais attraper les provisions. On les mettra sur nos genoux.

— Sois prudente.

Je me fraie péniblement un chemin parmi des meubles recouverts d'une bâche sale. Mon pied glisse sur une chaise qui tombe dans l'eau. Je saisis une bouteille ainsi qu'un bol de haricots et de riz. J'aurais voulu prendre le livre de maths mais il est bien trop lourd et j'ai les bras chargés. Je dois mettre la lampe dans mon autre poche. Je ne vois pas grand-chose.

Ma cheville dérape et je manque de tomber. Je tiens fermement la bouteille d'eau mais renverse la moitié du contenu du bol. Bizarrement, l'eau semble monter de plus en plus vite. Elle a atteint environ un demi-mètre. Si j'étais au sol, elle m'arriverait sûrement aux genoux. Je me déplace plus prudemment. TaShon attrape ma main et je m'assieds à côté de lui. Je suis en sueur. Ma chemise me colle au corps.

— Tiens, mange.

— Et toi ?

— Moi ça va.

— Non, toi aussi tu dois manger.

TaShon me tend l'assiette.

— Mange.

N'ayant ni fourchette ni cuillère, je mange avec les doigts.

— J'aurais bien aimé avoir du pain, dit TaShon.

— Avec du beurre, ajouté-je.

— Non, avec du pain on aurait pu attraper plus facilement les haricots, le riz et la sauce, Lanesha.

Tels des insectes, nous sommes recroquevillés en haut de l'armoire. Impossible de nous asseoir au bord du meuble, sous peine de mouiller nos vêtements. En moins d'une heure, nos membres vont s'engourdir et nous aurons du mal à nous déplacer. Nous ne tiendrons pas longtemps ainsi. Nous devons sortir du grenier. Maintenant, l'eau m'arriverait à la taille.

— TaShon, donne-moi la hache.

— Laisse-moi faire.

— Non, je suis plus grande que toi. Tu sais que c'est vrai.

TaShon se mord les lèvres puis acquiesce.

— D'accord, concède-t-il en me donnant l'outil.

Je me lève et donne un grand coup de hache dans la lucarne, qui vole en morceaux. L'encadrement se rompt mais il n'y a toujours pas assez d'espace pour passer. Ne pouvant pas me tenir debout, je ne parviens pas à donner beaucoup de force à mon coup.

— On va mourir noyés, marmonne TaShon.

— Assieds-toi, crié-je.

Ignorant la douleur dans mon dos, je saisis fermement la poignée de la hache et frappe la fenêtre de toutes mes forces, de plus en plus fort.

J'y mets toute ma peur, mon chagrin et ma colère. *Bam !* Le pouvoir est entre mes mains. Je cogne encore et encore jusqu'à percer un trou inégal mais suffisamment grand pour se faufiler à l'extérieur.

— Passe d'abord, TaShon.

— Là, j'aurais aimé avoir six doigts, ça aurait été pratique.

— C'est vrai, dis-je en le poussant à travers la fenêtre.

Au-dessus de sa tête, j'aperçois les étoiles.

— Tout va bien ? demandé-je.

— C'est un autre monde là-haut. L'air est frais.

— À ton tour, Spot.

Spot se fraie un passage. TaShon le saisit par la fourrure du cou. Puis c'est mon tour. Je lance un dernier regard vers le grenier inondé, rempli de bois flottant et de souvenirs. Le seul foyer que j'aie jamais connu.

Là-haut dans le ciel, la lune brille. Je monte vers elle et m'échappe sur le toit.

Mardi

Pas de terre en vue. Juste le ciel et l'eau sale.

TaShon a plongé sa tête dans les poils de Spot. Il pleure toutes les larmes de son corps, comme si c'était la fin du monde et que l'arche de Noé n'avait jamais touché terre.

L'aube approche, et, quand le soleil se lèvera, quelqu'un nous trouvera certainement. Il fait encore nuit, et je dois veiller à ce que TaShon ne tombe pas du toit. Je suis fatiguée et accablée de chagrin. Même si je revois un jour Mama Ya-Ya sous la forme d'un fantôme, rien ne remplacera ses mains chaudes, sa façon de cuisiner le petit déjeuner. Je ne pourrai plus jamais poser ma tête sur son épaule, parler avec elle, ou écouter ses histoires.

TaShon, l'air égaré, relève la tête et essuie ses larmes. L'espace d'un instant, j'ai peur qu'il ne redevienne le TaShon d'avant, le garçon tranquille qui fait semblant de disparaître.

– Courage, dit-il doucement.

– Il nous faut trouver la force d'endurer.

– Exactement. Nous allons faire preuve de courage.

On se rapproche l'un de l'autre, nos bras et nos jambes se touchent. Je passe un bras autour de lui ; il fait de même. Aucun de nous ne bouge. Je sais à quoi nous pensons tous les deux : « Courage, courage, courage. »

L'aube. L'eau s'étend à perte de vue.

Le Mississippi est marron, envahi de feuilles, de branches et de tranches de vie. Je vois flotter un tricycle en plastique entouré d'algues, un cadre photo représentant un garçon édenté souriant en noir et blanc, une Ford rouge.

Au-dessus de nos têtes, on entend un hélicoptère. Il émet le même bruit qu'une tondeuse à gazon. TaShon et moi crions en agitant les bras.

— Par ici, par ici !

Mais l'hélicoptère file vers le sud, ses grosses ailes effectuant des cercles. Le grondement de son moteur s'amenuise peu à peu.

TaShon se met à jurer. Je n'ai pas le cœur de lui dire : « Pas de gros mots. » Je suis sûre que le pilote nous a vus. Pourquoi ne s'est-il pas arrêté ? Il aurait pu nous faire monter à l'aide d'une corde.

Je commence à trembler et regarde mon quartier sous les eaux, méconnaissable. On ne voit émerger que des cimes d'arbres et des lampadaires brisés. Les toits des maisons, certains plats, d'autres angulaires, sont vides pour la plupart.

Au loin à gauche, je vois un homme et une femme assis sur un toit, les pieds dans l'eau. Deux pâtés de maisons à l'est, je distingue une famille entière composée de cinq ou six personnes, de tailles différentes, qui agitent des chemises blanches. Je les entends appeler à l'aide. Où sont les autres ? Au Superdome ? En sécurité à Baton Rouge ?

– Au moins, on a réussi à sortir du grenier, hein, Lanesha ? dit doucement TaShon.

Je le regarde. Je savais que TaShon était spécial. C'est un papillon.

– Oui, je réponds, on a réussi.

Au bout d'un jour et d'une nuit, il n'y a toujours aucun signe de secours. Spot halète, dort. TaShon a combattu les moustiques qui lui ont laissé les pieds rouges et enflés. Après une journée entière au soleil, sans ombre, nous avons attrapé une insolation. C'est drôle, je ne savais pas que les Noirs pouvaient attraper des coups de soleil. Mes joues et mon dos sont en feu.

Je reste concentrée sur l'horizon, guettant un hélicoptère, ou le moindre signe de mes voisins.

Avant, le Mississippi était pour moi un fleuve magnifique. À présent, il est rempli d'ordures, de vêtements, de meubles, de vilains poissons-chats et d'anguilles.

Mes lèvres sont complètement desséchées. J'ai faim, j'ai soif, je suis exténuée. Je raconte à TaShon des centaines d'histoires de la Bible qui parlent toutes d'espoir. Je lui parle de Moïse, de David et Goliath, et de l'arche de Noé.

– Quelqu'un va venir nous chercher. Les gens savent qu'on est ici.

Mais je sens que Spot, s'il pouvait parler, me traiterait de menteuse.

La lune est haute. TaShon, fiévreux, s'est assoupi. Ses jambes ont pris une couleur rouge vif et il pèle du visage. Je n'ai vu aucun fantôme. Seraient-ils effrayés ?

– Mama Ya-Ya, aide-moi. Maman, aide-moi, murmuré-je.

Mais la nuit n'apporte aucune réponse. Je n'aperçois aucune lueur, aucun message de l'autre monde.

Deux jours après l'inondation. Trois jours après l'ouragan.

Personne n'est venu nous chercher. Pas de télé, pas de radio, aucune nouvelle. La famille qui appelait à l'aide est maintenant silencieuse. Je ne peux pas faire disparaître le Mississippi, ni faire apparaître de l'eau potable et des aliments. On va finir par devenir fous à force de dépérir. Prise de vertige, je mets ma tête entre mes mains.

TaShon se gratte en frottant son pied gauche contre sa jambe droite.

— Regarde, une barque.

— C'est le bateau de Mr Henri ! Il adorait les poissons-chats. Il en donnait toujours à Mama Ya-Ya.

Le visage de TaShon s'illumine. Je me déplace vers la gauche, en prenant garde de ne pas glisser. L'eau s'est infiltrée dans mes tennis. Le toit en shingle est nappé d'huile et de magma répugnant.

La maison voisine est presque entièrement recouverte. Je vois une barque flotter, coincée par un énorme saule pleureur qui l'empêche de dériver. Elle se trouve à environ deux mètres, au sud, perpendiculaire aux deux maisons, formant un angle droit.

Si elle avait été parallèle, elle aurait dérivé au nord. Mais l'angle l'a protégée.

— Tu crois qu'on peut l'atteindre ? demande TaShon.

Je plisse les yeux. La corde du bateau doit être enfoncée profondément sous l'eau. Je n'ai pas les bras assez grands pour pousser l'embarcation et je ne suis pas sûre de pouvoir nager jusqu'à elle.

– L'angle n'est pas favorable.

En vérité, la position perpendiculaire de la barque l'a empêchée d'être emportée par la tempête, mais rend également difficile toute manœuvre pour la ramener vers nous.

TaShon semble soudain découragé. Comment récupérer une barque ?

TOUT EST MATHÉMATIQUE. Réfléchis, Lanesha.

Autour de nous, il y a toutes sortes de morceaux de bois et des arbres qui flottent. J'aperçois un tronc long et fin.

– TaShon, il faut qu'on attrape cet arbre, dis-je en désignant ce qui semble être un jeune saule.

Avec un peu d'effort, je suis sûre de pouvoir tenir agrippé ce tronc pour m'en servir comme d'un bâton. Je m'allonge sur le ventre en criant «Allez, allez!» avec rage. Le morceau de bois ondule de gauche à droite, puis il tourne en biais.

— On doit l'attraper, TaShon.

TaShon s'allonge à son tour. On agite les mains dans l'eau afin de créer un courant contraire dans la marée boueuse.

— Il vient vers nous ! s'écrie TaShon.

— Accroche-toi. Fais attention à ne pas tomber.

Le tronc se déplace lentement, mais il semble lourd. J'étends mes bras le plus loin possible devant moi, en les remuant avec fureur jusqu'à en avoir mal aux épaules. L'eau clapote à hauteur de mon menton. J'agrippe le bout de bois. Un morceau d'écorce se détache dans ma main.

— Tiens-le, tiens-le, hurle TaShon.

Ses bras sont trop courts. L'arbre se met à dériver. Je m'avance un peu plus, bondis en avant et réussis à mettre les bras autour du tronc.

— Attrape mes jambes, TaShon.

Pour rien au monde je ne voudrais dériver sur cette nouvelle rivière. TaShon tire mes jambes. Si ce morceau d'arbre avait été plus gros et plus lourd, je n'aurais jamais pu tenir. Mais heureusement, grâce à l'aide de TaShon, je parviens à ramener le mince tronc sur notre toit. Il reste en équilibre au sommet du triangle formé par le toit, telle une balançoire.

— Et maintenant, on fait quoi ?

— Il faut qu'on libère le bateau.

TaShon ouvre de grands yeux. Je suis prise d'un fou rire. Il se met à rire aussi.

— C'est comme jouer au billard. La barque est coincée ; si on arrive à la libérer, elle dérivera vers nous.

— Comment tu le sais ?

Je hausse les épaules et soupire. La chaleur est écrasante. Je n'ai qu'une envie : abandonner. M'étendre sur le toit, rêvasser, oublier la faim et l'humidité.

— Comment tu le sais ? insiste TaShon.

— Je n'en sais rien, j'espère juste que ça marchera. Tu as une meilleure idée peut-être ? On tente le coup ou pas ?

— On tente le coup. Je veux revoir mes parents, dit TaShon en fronçant les sourcils.

Je suis parcourue d'un long frisson glacé. Je n'ai personne à retrouver.

– Je veux revoir Miss Johnson, et retourner à l'école.

– Moi aussi, je veux retourner à l'école. Je veux de la crème glacée.

– Du bacon.

– Du gruau de maïs.

– De la tarte aux pommes.

– Stop, Lanesha. Je n'en peux plus, mon estomac gargouille.

– Allez, au travail !

J'ai l'impression de hurler comme une pompom girl.

– TaShon, tu vas tenir l'arrière du tronc et je vais essayer de faire bouger le bateau. Fais attention à ne pas tomber du toit ! Prends bien appui sur tes jambes.

Je saisis l'arbre et le porte à la manière d'une lance. Soudain j'ai la vision des chevaliers du Moyen Âge pendant les joutes équestres. Comme il devait leur être difficile de manier leur énorme perche, hissés sur des chevaux !

Je sens le tronc basculer et tente de rétablir l'équilibre de toutes mes forces. Comment le projeter en avant ? Le bateau n'est plus qu'à quelques centimètres.

– Avance un peu, TaShon, on doit s'approcher au plus près.

Lentement, nous nous déplaçons sur le toit. Soudain, le pied de TaShon glisse et trébuche. Je perds alors l'équilibre et me cogne le menton contre le tronc. Sonnée, un goût de sang dans la bouche, je me prends les pieds dans la gouttière et tombe dans l'eau jusqu'à la taille. D'une main, j'agrippe le toit ; de l'autre, le tronc qui m'échappe. TaShon, les jambes dans l'eau, se cramponne au toit. Le tronc commence à dériver à côté de notre toit.

– TaShon, aide-moi ! Attrape le bout du tronc.

TaShon agrippe l'arbre de toutes ses forces. Je vois les muscles de ses bras et de son cou saillir, son visage est crispé. Je parviens à me hisser hors de l'eau et à ramper jusqu'à l'extrémité du toit. Puis je m'allonge sur le ventre et saisis la pointe de l'arbre. Ensemble, nous le sortons hors de l'eau et le stabilisons avec nos mains et nos corps.

— D'accord, essayons à nouveau. Debout.

On se lève, le tronc à la main, nos pieds posés de chaque côté du toit. Mais il y a un problème : TaShon est placé devant moi.

— Il faut qu'on inverse nos places.

— Non, je n'y arriverais pas, dit-il en regardant en arrière, le visage tendu. J'ai peur de tomber, je ne sais pas nager.

J'entends Spot haleter derrière moi.

— Tu veux ta crème glacée ?

TaShon lève les yeux vers moi, ses bras tremblant sous le poids de l'arbre. Il sourit. Puis, l'air grave, il recule lentement vers moi. Arrivé à ma hauteur, je lui dis :

— Stop, je vais te contourner.

— D'accord, répond-il, essoufflé et en nage.

J'étudie le problème. Si je lâche le tronc, TaShon perdra l'équilibre. Il va falloir faire preuve de force et de rapidité.

— TaShon, je vais dégager un de mes bras et passer devant toi. Tu ne devras pas bouger. D'accord ?

Il fait signe que oui.

– Je compte jusqu'à trois.

– D'accord.

– Un, deux, trois.

Lentement, de ma main libre, j'agrippe le tronc en frôlant TaShon, qui est maintenant tout contre ma poitrine. Je fais un saut sur la gauche, ce qui me déséquilibre momentanément, puis glisse mon pied droit vers mon pied gauche. Je lâche le tronc de la main droite et contourne TaShon. Le tronc oscille en avant et menace de tomber. TaShon n'arrive pas à le tenir !

Rapide comme l'éclair, je le rattrape des deux mains. Je sens le souffle de TaShon sur ma nuque. Il fléchit les jambes et resserre son étreinte. Le tronc est à présent en équilibre entre nous deux.

– On y est arrivés ! m'écrié-je.

– Je ne pourrais pas le tenir longtemps, murmure-t-il.

Le bout de bois, qui fait environ un mètre et demi de longueur, est bien plus grand et lourd que TaShon.

– Si, tu vas y arriver, TaShon. Tu aimes les sundaes ? Moi, je préfère les milk-shakes.

TaShon resserre sa prise, renforçant ainsi l'équilibre du tronc.

– C'est bien. Avance doucement. Fais très attention.

Nous avançons pas à pas jusqu'au bord du toit. Spot se tient juste derrière et nous observe. Si seulement il avait des mains !

– Fais comme si on jouait au billard. Si on arrive à donner un coup à l'arrière de la barque, on pourra la dégager. Prêt ?

– Prêt.

– Un, deux, trois !

Hélas, l'extrémité du tronc rate sa cible et s'enfonce dans l'eau.

– Penche-toi en arrière !

Vite, on s'incline aussitôt, pour éviter que l'arbre entier ne tombe à l'eau. Hélas, notre mouvement est un peu trop brusque et le bout du tronc pointe vers le ciel. Nous perdons l'équilibre.

– On doit le remettre au même niveau !

– Tire, dit TaShon.

– Oui, tirons !

Au prix d'un effort surhumain, nous parvenons à rectifier la trajectoire du bâton. Mes mains sont rouges et irritées. Je n'ose ni lâcher le tronc ni regarder TaShon.

– Encore ! Vise. Un, deux, trois. Frappe !

On assène un grand coup qui atteint le bateau, lequel se met enfin à bouger.

– Gagné ! crie TaShon.

– Non, pas encore.

Le bateau n'est pas encore dégagé.

– On n'y arrivera jamais, dit TaShon, relâchant sa prise.

Déséquilibrée, je tombe presque à la renverse.

– Si. Mama Ya-Ya ne voudrait pas qu'on abandonne. Tiens bon, TaShon. Je n'y arriverai pas sans toi.

Il obéit. J'observe le bateau coincé entre les maisons et un arbre. Et si j'avais fait une erreur ? Et si la corde était reliée à un objet caché sous l'eau et qu'il était impossible de la détacher ?

Je préfère ne pas penser à cette éventualité.

Il faut qu'on fasse bouger la barque bleue pour la libérer de ses amarres.

— Asseyons-nous une minute, déclaré-je. Ensemble, un, deux, trois.

On s'assied avec précaution en tenant fermement le tronc contre nos torses et sur nos genoux. Spot vient renifler le bois. Lui aussi espère un miracle.

Si quelqu'un nous voyait, il nous prendrait sûrement pour des fous. Un chien et deux enfants assis sur le toit d'une maison inondée, un arbre dans les mains. C'est bien là tout le problème : il n'y a personne à l'horizon.

J'observe l'étendue d'eau. Mon quartier est englouti aussi sûrement que ma mère est ensevelie au cimetière Saint Louis et que Mama Ya-Ya repose sous les flots.

— TaShon, il faut que je me jette à l'eau.

L'eau est répugnante, mais ai-je vraiment le choix ?

— Tu vas te noyer, Lanesha.

— Non. On va recommencer ce qu'on vient de faire, sauf qu'après je sauterai du toit pour atteindre la barque et la dégager. Debout !

TaShon tremble de tous ses membres.

— On n'a pas le choix, TaShon. Je vais compter jusqu'à trois, d'accord ?

Je ne prends même pas la peine de voir s'il acquiesce. Je sais qu'il ne m'abandonnera pas. Nous formons une équipe.

— Un, deux, trois ! Allez !

On pousse à nouveau de toutes nos forces. Je prends mon élan et saute. Je retiens ma respiration et pousse un cri étouffé. Puis je me retrouve sous l'eau, dans les ténèbres.

Mes yeux piquent. Je donne de violents coups de pied.

Je recrache l'eau dégoûtante et, tout en essayant de me maintenir à la surface, je m'efforce de dégager le bateau à l'aide du tronc. Déjà, nous avons réussi à orienter la proue de la barque vers le nord.

L'espace d'un instant, je me sens forte et sans peur. Je visualise l'eau comme une terre qui me portera.

— Cours, Lanesha ! hurlé-je à moi-même.

Mais je n'entends rien d'autre que le son de l'eau clapotant dans mes oreilles. Je pousse de toutes mes forces. La barque tangue, et pointe un peu plus au nord. Je laisse à nouveau échapper un cri tout en frappant le tronc contre le bateau. Il oscille de gauche à droite, d'avant en arrière. Puis, enfin, il est libre. Le courant fait dériver le petit bateau bleu jusqu'à moi.

– Oui, dis-je en levant les bras en signe de victoire, oui !

– Oui ! s'exclame TaShon en écho.

Je patauge dans les eaux chargées de débris, indifférente aux divers objets qui viennent me heurter. Soudain, je sens que quelque chose m'entraîne vers le fond.

– À l'aide !

Est-ce une branche, un foulard entortillé ? Aucune idée. J'agite frénétiquement les mains et tente de me maintenir hors de l'eau. J'ai la tête en arrière, face au ciel. Je panique, frétille comme un poisson.

Un morceau de bois vient se cogner contre mon menton et écorche mes oreilles. Blessée et à bout de forces, j'en viens à me demander pourquoi j'ai pensé pouvoir y arriver. Laisse tomber,

Lanesha. C'est fini. Mes forces m'abandonnent. J'entends les cris de TaShon et les aboiements de Spot.

Mais je m'enfonce lentement dans les eaux boueuses et noires du Mississippi, qui m'accueillent dans ma nouvelle demeure. Mes chaussures et mes vêtements sont de plus en plus lourds. Je n'ai plus l'énergie pour lutter.

Sous l'eau, c'est un autre monde. Je ne vois rien : pas un panneau, pas une clôture, pas un trottoir ou tout autre élément qui composait autrefois ma rue. Je ferme mes yeux brûlants.

Avec l'énergie du désespoir, je me débats, secoue les bras, en vain. L'objet qui me coince la jambe me retient fermement. Est-ce une branche, une algue visqueuse, du bois, ou pire encore… ? Les ténèbres sont silencieuses. Je n'entends ni TaShon ni Spot. L'eau ressemble de plus en plus à un ragoût épais. Je suis perdue, où se trouve la surface ? Je donne un ultime coup de pied. Mes poumons me font mal. Je dérive vers l'inconnu.

Puis je sens un baiser. J'ouvre les yeux. Ma mère irradie d'une lumière vive et je vois ses longs cheveux noirs, sa peau marron, et ses lèvres roses. Mais ce sont ses yeux qui font toute la différence. Ils ne sont pas vides ou éteints. Ils me dévisagent intensément.

— Lanesha.

Elle prononce mon prénom d'une douce voix mélodieuse, en accentuant la deuxième syllabe, contrairement à Mama Ya-Ya.

— La-nee-sha.

Je me sens sereine tout à coup. Il aura fallu tout ce temps pour l'entendre dire mon nom.

Elle m'indique quelque chose : mon pied est pris dans une épaisse branche d'arbre. Ma mère ondoie, aussi légère et lumineuse que le cristal, et me détache de la branche. Mes jambes sont libres. À bout de forces, je me sens sombrer mais c'est alors que j'entends la voix de ma mère :

— Pousse, Lanesha, pousse.

Recouvrant alors toute mon énergie, je lève les bras et donne des coups de pied sous les encouragements de ma mère. Je fonce telle une fusée, repoussant les morceaux de bois et les feuilles mortes.

J'atteins la barque, soulagée de sentir le bois. Je me hisse et m'effondre sur les planches. Le bateau me berce. Allongée sur le dos, je reprends mon souffle. J'observe le ciel bleu et les nuages en forme de pancakes. Je me redresse sur mes coudes.

– TaShon.

TaShon se met à hurler de joie.

Je regarde dans l'eau. Ma mère a disparu. Je ne vois plus aucune lumière.

– Lanesha ! Je croyais que tu étais morte.

– Je ne t'aurais pas laissé tomber.

Ma mère ne m'a pas abandonnée, me dis-je.

Je place les rames dans leur socle et commence à pagayer de toutes mes forces, ignorant la crasse, mes yeux brûlants et mes épaules douloureuses. J'aperçois des morsures bizarres sur mes bras et mes jambes.

Je rame en arrière jusqu'à ce que le bateau soit plein nord, entre nos deux maisons, au plus près du courant.

– Saute, TaShon.

L'espace qui sépare le toit du bateau a beau

être mimine, je n'en suis pas rassurée pour autant et tente de stabiliser la barque de tout mon poids. TaShon s'élance et atterrit dans mes bras. Il me serre de toutes ses forces.

— Mama Ya-Ya serait fière de nous, dis-je.

Soulagé et heureux, TaShon s'assied sur le banc.

— Spot, par ici mon grand, appelle-t-il.

Spot fait les cent pas en gémissant.

— Par ici, mon chien, crié-je.

— S'il te plaît, Spot, tu es un bon chien, renchérit TaShon.

Mais Spot est visiblement effrayé. Sa queue s'est affaissée. Il n'a pas l'air d'aimer le Mississippi, ni ce petit bateau bleu.

— Allez, mon grand.

Spot s'assied, et l'espace d'un instant, je crains qu'il ne veuille plus bouger. Mais soudain il bondit, s'élance dans les airs et tombe dans le bateau qui, momentanément déstabilisé, tangue dangereusement.

On se serre tous dans les bras. Spot nous lèche le visage, sans se soucier de la boue humide qui couvre le mien. TaShon fond en larmes.

Je me remets à ramer. C'est plus dur qu'il n'y paraît, mais c'est ma façon à moi d'essayer de rendre le sourire à TaShon.

J'aurais aimé voir Mama Ya-Ya, l'entendre rire et applaudir en voyant tout ce que TaShon et moi avons accompli pour survivre.

Soudain, j'aperçois comme un éclair dans l'eau. C'est le fantôme de Mama Ya-Ya qui s'élève, étincelant comme du diamant, entouré d'arcs-en-ciel.

— Mama Ya-Ya ?

— Elle est là ? demande TaShon en regardant autour de lui. Je ne vois rien.

Une fois de plus, je me sens seule avec mon don. Lanesha la folle. Sauf que je ne le suis pas.

— Lanesha, tu es une enfant merveilleuse, dit Mama Ya-Ya.

Je suis au bord des larmes.

— Tout va bien se passer, Lanesha.

Puis j'aperçois ma maman qui brille doucement au côté de Mama Ya-Ya.

— Nous t'aimons, disent-elles en chœur.

Je me sens tout à coup submergée par une vague d'amour et de bonheur. Je suis sereine.

— Lanesha, dit TaShon, allons trouver de l'eau et de la nourriture.

Mes deux mères s'évaporent peu à peu avant de disparaître. Enfin, pas tout à fait. Elles seront ensemble à jamais et pour toujours avec moi. J'ai de la chance de voir les morts. Comme mon quartier semble éteint ! Enfin, pas tout à fait.

Je suis tellement heureuse. Le bateau est assez grand pour un chien et deux enfants. On pose les rames et on se repose.

Derrière TaShon, je vois le soleil. À gauche, au-dessus des restes de la maison de Mama Ya-Ya, il y a des nuages. Deux cimes d'arbres dépassent de la surface de l'eau.

— Il faut qu'on rame pour trouver un pont, TaShon. Prêt ?

Il semble hésiter.

— Mama Ya-Ya dit que tout va bien se passer. Nous serons meilleurs amis pour la vie.

Il acquiesce.

– Prêt ?

– Prêt.

– Un, deux, trois !

Les deux mains sur une rame, nous nous mettons à ramer frénétiquement et parvenons à faire un tour complet sur nous-mêmes. Pendant un instant, la barque fait face à la mer.

– Stop !

– J'ai mal aux bras, gémit TaShon.

– Je sais.

Un rat mort vient se cogner contre la coque de notre barque. Nous restons impassibles.

– On doit continuer à ramer au même rythme. Prêt ?

– Prêt !

À ma grande surprise, TaShon se met à chanter :

– « Il était un petit navire, il était un petit navire… » Allez, Lanesha, chante avec moi !

– « Qui n'avait ja-ja-jamais navigué, qui n'avait ja-ja-jamais navigué. »

TaShon et moi chantons maintenant en chœur :

– « Ohé ! ohé ! matelot, matelot navigue sur les flots. »

De toutes nos forces, nous luttons contre le courant.

– Tu as la voix d'une grenouille quand tu chantes, lancé-je à TaShon.

Nous partons tous les deux dans un grand éclat de rire. Qu'il est bon de se laisser aller ainsi ! C'est le meilleur des remèdes dans les moments difficiles. TaShon et moi sommes assoiffés, blessés ; nous avons attrapé des coups de soleil et des ampoules aux mains, mais nous sommes là, hilares.

On entend des hélicoptères au loin. Inutile de lever la tête : si jamais ils lancent une corde, on l'attrapera. Mais pour le moment, on continue de ramer en chantant à tue-tête. Le bateau se rapproche de la terre. Les fantômes sont regroupés à bâbord, vers la mer. Les oreilles dressées, Spot les voit aussi. S'ils le pouvaient, les morts construiraient des ponts et des digues pour aider les vivants. Ils sauveraient les habitants du District Neuf, et ceux de La Nouvelle-Orléans.

— Là-bas ! m'écrié-je.

J'aperçois le pont Martin-Luther-King, tellement plus beau que le Golden Gate. Une foule de gens s'y presse, se dirigeant sans doute vers un endroit sûr, fuyant le District Neuf inondé.

— Regarde, Lanesha.

Un bateau à moteur avec deux hommes armés à son bord s'approche de nous.

— Ça va, les enfants ?

— On va bien, répondis-je.

— On a faim et soif, ajoute TaShon.

Les hommes, deux Cajuns, nous donnent gentiment un bidon d'eau et des barres protéinées.

— Vous savez s'il y a des gens à secourir par ici ?

Intérieurement, je me sens plutôt fière de moi. TaShon et moi avons réussi à nous en sortir par nous-mêmes. Je mets la main en visière :

— Il y a une famille dans notre quartier, le District Neuf, à quelques kilomètres.

— Les secouristes ne devraient pas tarder à atteindre cette partie-là.

— Très bien, dis-je.

— Ce n'est pas trop tôt, affirme TaShon.

— Où sont vos parents ? demande l'homme à la bedaine.

— Au Superdome, répond TaShon.

— Ils vont être fiers de vous, dit-il.

Puis les deux hommes nous tirent leur chapeau, comme s'ils s'adressaient à des adultes.

— Au revoir, messieurs, dis-je en reprenant les rames.

— Merci, ajoute poliment TaShon.

— Attendez. Tous les deux, vous méritez une escorte, dit le deuxième homme en attachant une corde à notre barque.

TaShon et moi leur adressons un large sourire et rentrons nos rames. Le moteur se met en route et le bateau fait un bond en avant. Je m'allonge sur le dos, les mains derrière la tête, détendue. J'adore le ciel bleu. Je me sens capable de tout, tel un puissant papillon. TaShon fait de grands signes de la main aux gens rassemblés sur le pont qui nous acclament.

Je suis couverte de bleus, sale et en nage, mais

heureuse. Je scrute le ciel, à la recherche d'arcs-en-ciel, en vain. Mais cela ne veut pas dire qu'ils n'existent pas.

Je viens de vivre une véritable renaissance. Je ne sais pas de quoi sera fait l'avenir. Mais j'ai la profonde conviction que tout se passera bien. Je suis Lanesha, née avec une membrane, interprète des symboles et des signes, future ingénieure, débordante d'amour. Je suis la fille de Mama Ya-Ya.

Note de l'auteur

Chers lecteurs,

Les ouragans sont des tourbillons d'eau extrêmement violents. Les eaux chaudes de l'océan sont soulevées par les vents équatoriaux et forment un vortex. Cette masse de vent et de chaleur se déplace rapidement avec une énergie effrayante, et provoque souvent des dégâts lorsqu'elle atteint les côtes.

Le 28 août 2005, l'ouragan Katrina a été déclaré ouragan de catégorie 5 avec des vents atteignant 280 kilomètres à l'heure, et soulevant des vagues de huit mètres de hauteur et de centaines de kilomètres de largeur. Sur son chemin se trouvait La Nouvelle-Orléans, en Louisiane.

La puissance extrême de la tempête a submergé les habitations et arraché les immeubles jusque dans leurs fondations. La Nouvelle-Orléans, bien que durement touchée, a survécu au désastre. Mais les crues ont également détruit la plupart des digues érigées spécifiquement dans le but de protéger la ville qui se trouve en dessous du niveau de la mer. Les eaux se sont engouffrées à travers les brèches et ont inondé la ville, située dans une cuvette, causant davantage de destructions.

L'ouragan Katrina a laissé dans son sillage des communautés entières sinistrées, de la Floride à l'Alabama, en passant par le Mississippi et la Louisiane. On a dénombré 1 800 morts, des milliers de blessés, et autant de sans-abri. Le coût total estimé des dégâts se chiffre en dizaines de milliards de dollars.

Le quartier sud du District Neuf a été l'un des quartiers les plus touchés de La Nouvelle-Orléans.

Les habitants de La Nouvelle-Orléans, grâce à l'aide apportée par de nombreuses personnes du monde entier, poursuivent leurs efforts afin de reconstruire et de restaurer leur ville historique bien-aimée.

Remerciements

Les livres ont été ma planche de salut durant une enfance difficile.

Depuis que je suis devenue romancière, j'ai toujours rêvé d'écrire un livre pour enfants.

La réalisation de ce rêve n'aurait pu être possible sans la confiance inébranlable de mon agent, Michael Bourret, et sans les compétences avisées de mon éditrice, Jennifer Hunt. Je remercie du fond du cœur les éditions Little, Brown Books for Young Readers ainsi qu'Alison Impey et son équipe pour leur remarquable travail d'illustration. Enfin, et comme toujours, tous mes remerciements à mon époux, Brad, qui n'a jamais cessé de croire en moi.